ビブリア古書堂の事件手帖②

〜栞子さんと謎めく日常〜

三上延

イラスト◎越島はぐ
デザイン◎荻窪裕司

ビブリア古書堂の事件手帖

2

〜栞子さんと謎めく日常〜

三上 延

プロローグ　坂口三千代『クラクラ日記』（文藝春秋）・I

からからと店の引き戸を開けると、軒先にいた雀の群れが一斉に飛び立った。一直線に道路を横切って、駅のホームにまで逃げていってしまう。妙に数が多いところを見ると、誰かが餌でもやっているのだろう。このあたりには手入れの行き届いた庭を持つ旧家がいくつもある。庭にやってくる野鳥を愛でる人がいても不思議はない。

今朝もいい天気だ。海の方から吹いてくる風は生ぬるく、今年の灼けるような猛暑の気配がまだ残っている。それでも十月に入ってからは、家々の屋根の先に見える山の緑は少しくすみ始めていた。

ようやく北鎌倉にも秋が訪れようとしていた。もう少し経てば、円覚寺や建長寺にも紅葉目当ての観光客が押し寄せてくるはずだ。

俺は鉄製の回転式の看板を店の外に出す。白抜きの文字は毛筆風で古めかしいが、ものは真新しい。ついこの前まで使っていた看板は、ちょっとした騒ぎで使いものにならなくなってしまった。そこで北鎌倉で古くから営業している鍛冶屋に、まったく同じものを特注で作らせたらしい。いい出来だが重いのが難点だった。

苦労して看板を軒下に置き、「古書買取・誠実査定」と書かれた面を半回転させる。店の名前が現れた。


「ビブリア古書堂」


そう、ここは古本屋だ。北鎌倉で何十年も前から営業している老舗。俺は夏からここで働いている——。

という説明も少し省略しすぎか。一度はここを辞めて、つい先週戻ってきたばかりだった。短い間に働いたり辞めたり忙しい話だが、色々あって一言では説明しにくい。そのことをまともに語ると、一冊の本になってしまいそうだ。それより今は開店準備をしなければならない。

百円均一の本が詰まったワゴンを軒下に設置した後、店内の通路に積もった埃を箒で掃き出す。書架だけではなく通路にまでうずたかく積まれた本の山から、古い紙特最近出版されたものはほとんどない。当然ながらこの店に持ちこまれる前は、どこかの家の本棚に収まっていたものばかりだ。すべての本はなにかしらの過去を背負っている。持ち主に大事に読まれ、愛された本もあれば、仕舞いこまれたまま忘れられていた本もあるだろう。

人の手を渡った古い本には中身だけではなく、本そのものにも物語があるという。この店に置かれている本も、いずれ誰かの手に渡って新しい物語を紡いでいくことだろう。

まあ、売れればの話だが。

「………さん」

か細い女の声に、俺は手を止めて振り返った。カウンターの奥にある壁には店主の住む母屋に通じるドアがある。声が聞こえてきたのはその向こうからだ。今、母屋には店主がいる。さっきレジに釣り銭を入れてから、取りにいくものがあると言って奥に引っこんだきりだ。

「……五浦(ごうら)さん」

俺を呼んでいる。カウンターの中に入ってドアを開けた。狭い靴脱ぎがあり、薄暗い廊下が奥へ伸びている。声の主の姿は見えなかった。

「……ません、あの……」

はっきりしない声が天井から降ってきた。どうも二階にいるらしい。少し迷ってから、靴を脱いで廊下に上がった。

店と同じように母屋の建物も古く、歩くたびに板の反った廊下が軋む。普段、母屋に入るのはトイレを使う時ぐらいだ。従業員だからといって、店主の住居に好き放題に足を踏み入れていいはずがない。

なにしろここに住んでいるのは若い女性だけなのだ。

「どうかしましたか？」

階段の下から話しかける。階段の向きが途中で変わっているので、二階の様子は分からない。真新しい手すりが取り付けられているのは、上り下りを楽にするためだろう。この上にいる人は足を悪くしている。

「……ちょっと……て下さい……」

くぐもった声が返ってくる。ちょっと来て下さいなのか、ちょっと待っていて下さいなのか、どっちにも取れる。

「上がっていいんですか？」

「………はい」

どういう用事だろう。階段を上がるうちに緊張してきた。二階には店主の自室があると聞いている。じろじろ見ないようにしよう、と自分に言い聞かせていたが、

「……うわ」

薄暗い二階に上がった俺は目を瞠（みは）る。短い廊下に古い本の山が林立し、腰あたりまで表紙が積み上がっていた。なにも知らない者が見れば、ただの倉庫だと思うに違いない。かろうじて中央に足を下ろせる通り道があり、奥の襖（ふすま）へと続いている。

正直なところ、この光景はあまり意外でもなかった。ビブリア古書堂の店主は本を読んでいれば幸せという、言ってみれば「本の虫」のような人だ。つい最近まで入院していたが、病室に大量の本を持ちこんで看護師に再三注意されていた。

突き当たりの襖の前で立ち止まり、声をかけようとした時、妙なものが視界に入った。すぐ左手は壁になっていて、そこにも古い本が積み上がっている。

翼を畳んだ白い小鳥がいた。

といっても本物の鳥ではない。絵の描かれたキャンバスが、本と壁の間に挟まっている。それが隅の方だけ見えているのだった。

（なんでこんなところに絵があるんだ？）

俺は首をかしげる。かなり古いものらしく、鋲（びょう）の打たれた上辺にはうっすら埃が積もっていた。壁にかけられるでも仕舞いこまれるでもなく、本の奥に無造作に置かれているのがなんとなく奇妙だった。

絵そのものも気になる。廊下の光景の一部のようだ。小鳥の背景には無造作に積み上がった本の山が描かれていた。廊下の光景の一部のようだ。大量の本をモチーフにした絵なんて聞いたことがない。他のところにはなにが描かれているんだろう。

不意に襖が開いて、俺は我に返った。

「あ……」

声を上げたのはこちらではない。黒髪を長く伸ばした小柄な女性だった。細かな花柄の散った青いワンピースにカーディガンという地味な服装だが、色白で顔立ちは整っている。年齢はたぶん二十代半ば。細い鼻筋にかかった眼鏡（めがね）が、俺の胸にぶつかりそうなほどすぐ近くにあった。

「す、すいません……」

化粧気がない頬を赤らめて、不器用に一歩後ずさる。上体がふらふらと揺れたが、腕輪付きの杖（つえ）でバランスを取り戻した。

彼女の名前は篠川栞子（しのかわしおりこ）。ビブリア古書堂の店主だ。

「大丈夫ですか？」

「……え、ええ……」

彼女は恥ずかしそうに目を逸らして、背後を振り返った——のではなく、畳に積まれた『現代大衆文学全集』の山が崩れていないか確かめているようだった。

そこは間仕切りを取り払った二間続きの和室だった。この二階で寝起きしているらしく、南向きの窓際にはベッドと衣装ケースが置かれている。

それ以外はどこを向いても本ばかりだった。ガラスの扉がついた木製の書架に何種類もの百科事典が整然と並んでいるかと思えば、スチール製のラックに色とりどりの文庫本が隙間なくびっしり詰まっている。

ラックの上にも大判の写真集や美術書が天井すれすれまで積まれており、さらに思想哲学や歴史の専門書らしきもの、古びた文学全集からマンガ雑誌のバックナンバーに至るまで、何十もの雑多な塔が畳の上にそびえている。廊下と同じく足の下ろせるスペースはあまり残っていない。

廊下に置かれた大量の本はこの部屋から溢れ出したのだろう。放っておけば、この本の洪水は階段を伝って一階にまで達しそうだ。

「せ、整理が追いつかなくて……ひどい、ですよね……」

「え、そんなことないですよ」

フォローしたつもりはなかった。彼女が大量の本を抱えこんでいるのは分かりきっていたし、この部屋の光景にはわりと心が和む。

俺も本は嫌いではない。興味はあるが読むことができないのだ。十ページをめくろうものなら、背筋に冷汗が流れ指先が震え始める。心理的なものが原因らしいが、簡単に言えば「体質」ということだ。

読めなくとも本に興味はある——そして、本にまつわる話にも。

「それで、どうかしたんですか？」

「……あの、この本の縛りを、下に持っていっていただけますか？　わたしの本なんですけど、もう読まないので……均一本のワゴンで売ってしまおうかと」

彼女は傍らの畳を指差した。ビニール紐で一文字に括られたハードカバーの本が積まれている。二十冊ほどの束が二段。上に向いている背表紙を見る限りでは、小説や随筆のようだった。どれも古いもののようだが、状態は悪くない。

「……これ、百円で売るんですか？」

「いえ……三百円と、五百円の値札を付けて下さい。一番上の段の本に五百円で、下のものは全部三百円です。一応状態を確認して下さい」

篠川さんの語りは少し流暢になっている。本の話になると途端にいきいきしてくる人なのだ。

「……今ワゴンに置いてある百円均一の札は外しておいて下さい」

「分かりまし……」

うなずきかけた俺はぎょっとした。説明を終えた彼女は、左手で本の束を持ち上げて、俺の足下の畳に積み上げている。胸元の深い、ゆったりしたシルエットのワンピースを着ているせいか、うつむいた拍子に――なんというか、奥の方まで見えてしまっている。喜ぶよりも目のやり場に困った。

「……下の方が五百円でしたっけ」

見えてますと指摘することもできない。本の前に膝をついて視界から追い出した。

照れ隠しに質問すると、白い人差し指がにゅっと視界に入ってきた。

「逆です……上の縛りが五百円です」

真向かいから俺の頭上に屈みこんでいるらしく、つむじのすぐそばに巨乳の気配を感じる。耳のあたりに彼女の黒髪の先が触れて、情けないことに俺は動けなくなった。

「すいません……説明、分かりにくかったですか？」

甘いささやきが降ってくる。多分、これでもわざとやっているわけではない。いっそうたちが悪かった。

「だ、大丈夫です」

動悸(どうき)を抑えるために、紐(ひも)で縛られている本の背表紙を凝視した。

『クラクラ日記』

そんな書名が目に飛びこんできた。著者は坂口三千代(さかぐちみちよ)。軽い走り書きのような書体が、グレーの函(はこ)に印刷されている。どういうわけか同じ本が五冊ほど並んでいた。クラクラ日記、クラクラ日記、クラクラ、クラクラ――本心を言い当てられているようで苛々してきた。

「……『クラクラ日記』って、どういう本なんですか？」

と、俺は尋ねる。わずかな沈黙が流れた。

「……坂口安吾(さかぐちあんご)の死後に、奥さんが書いた随筆です」

それで名字が坂口なのか。坂口安吾なら聞いたことがある。かなり昔の作家だったと思う。俺が知っているのだから、有名な作家のはずだ。残念なことに読んでいないが。

「坂口安吾との出会いから死別までの出来事を書いていて……夫婦の生活がしのばれるような、いい随筆だと思います」

声が小さいせいか、あまり抑揚が感じられない。

「クラクラってなんですか？」

「安吾の死後、著者が銀座に開いたバーの名前が『クラクラ』です。獅子文六に名前を考えてもらったと、この本のあとがきに書いてありますね。文人の常連が多いお店だったそうです」

打てば響くように蘊蓄が返ってくる。この人は本について膨大な知識を持っているのだ。

「じゃ、酒飲んでクラクラって意味ですか」

「いいえ……これはフランス語で野雀という意味だそうです」

「雀？」

意外な答えだった。

「ええ。どこにでもいるような、ありふれた平凡な女の子につけるあだ名だとか」

雀と聞いて連想したのは、さっき廊下で目にした絵の一部だった。あれは色が白いから、クラクラとは違うかもしれないが。

軽いため息が俺の脳天にかかる。彼女のこういう態度は珍しい。本について語る時は、大抵もっとテンションが高いのだが。

「篠川さん、どうかしたんですか？」

俺は上目で彼女を見る。ギャザーの入ったワンピースのウエストが視界を塞いでいた。

「えっ？　いえ、別に……」

体を起こした彼女が遠ざかる。それでも表情までは見えなかった。

「ただ、この本が……」

「本？」

「……この本、好きになれなくて。いい随筆だと、思うんですけど」

好みに合わないということか。まあ、安い値段で売ってしまおうというのだから、そういうことなのだろう。どんな読書家にだって好き嫌いはあるはずだ。俺は両手に本の束を提げて立ち上がった。

「じゃ、これ店の外に出しときます」

「……お願いします」

俺は部屋を出て、荷物をぶつけないよう慎重に廊下を歩いていく。五冊の『クラクラ日記』が俺の動きに合わせて軽く揺れている。

ふと、小さな疑問が脳裏をよぎった。

（なんで、こんなに持ってるんだ？）

持っているということは、自分から買ったということだろう。読んで好きになれなかった本を、どうして何冊も買いこんだのか。立ち止まって、開いたままの襖を振り返る。

（……大したことじゃねえか）

肩をすくめて階段を降り始める。どうせささいなことだ。

どこかでかすかに鳥の鳴き声がする。クラクラの声かもしれない。それっきり、俺はこの本のことを忘れてしまった。

第一話　アントニイ・バージェス『時計じかけのオレンジ』（ハヤカワ文庫ＮＶ）

1

俺は本のことをまったく知らない。

つくづくそう思い知らされた。胸を張れることではないが、本当のことだから仕方がない。

発端は昼下がりに届いた一枚のファックスだった。店主の篠川さんとは交替で昼食を取っていて、店内にいるのは俺一人だった。ちょうど客も途切れていたので、均一台に追加する本の値付けをしていると、カウンターの隅にあるファックスが感熱紙を吐き出した。

「桃源社刊国枝史郎(くにえだしろう)『完本蔦葛木曽桟』を探しております。後ほど電話致します」

在庫の問い合わせのようだ。客からこういうファックスや電話が来るのは珍しくない。ネットの古書検索サイトで探す方が効率はいいはずだが、それができる携帯やパソコンを持っていない年配の客は今でも多い。

読み終えてから改めて感熱紙に目を近づけた。震えるような弱々しい筆跡が読みにくかったためだけではない。「桃源社」が出版社で、「国枝史郎」が作者だというのは見当がついたが、問題はその後だった。

（かんぽん……つた……きそ……？）

書名がまるで読めない。どこで切ればいいのかすら分からなかった。俺は母屋に通じるドアを振り返った。篠川さんに訊けば分かるに違いない。

ドアノブに手をかけた時、電話が鳴った。感熱紙を握ったまま、空いた手で受話器を取る。

「毎度ありがとうございます。ビブリア古書堂でござ……」

『さっき、ファックスを送ったもんですけどね』

かすれた男の声がこちらの言葉を遮った。柔らかい口調には関西らしい訛りがある。さっきと言われてもまだ一分も経っていないのだが、

『あります？　国枝史郎の』

畳みかけるように訊いてくる。急いでいるのかもしれない。国枝史郎の、の続きを言ってくれるとありがたかったが、相手は俺の返答を待っているだけだ。

「……ただいま探して参りますので、少々お待ちいただけますか」

保留ボタンを押しかけて、俺の指が止まった。探すといっても、どういう種類の本か分からなければ探しようがない。

「あの……この本、小説ですか？」

『当たり前でしょう……この本、知らんの？』

俺はごくりと唾を呑みこんだ。嘘をつくわけにもいかなかった。

「はい、申し訳ありません」

ふん、と鼻を鳴らすのが分かった。呆れられたのか、それとも失笑されたのか。

『店にいるのはあんた一人？』

「……そうです」

『あっ、そう……ほんまに素人やね、あんたは』

通話が唐突に切れ、俺は一人取り残された。いつのまにか、背筋に冷や汗をかいている。

(謝らせてくれない客が、一番腹を立ててるもんさ。肝に銘じときな)

去年死んだ祖母の声が、耳の奥で蘇った。大船で何十年も定食屋を切り盛りしていた人間の教訓だが、今の状況にぴったりだった。

俺は客を怒らせたということだ。本のことを客に訊く古書店に、誰が注文したいと思うだろう。

「……どうしました？」

髪の長い女性がすぐそばに立っていた。眼鏡越しに上目で俺の顔を見ている。店主の篠川さんだった。いつのまにか母屋から戻っていたらしい。

「どなたから、電話があったんですか？」

「在庫の問い合わせです。その前にこういうファックスが来たんですけど……」

報告するのは気が重かったが、さっき来たファックス用紙を差し出す。とたんに彼女の表情がぱっと明るくなった。

「あっ、『蔦葛木曽棧（つたかずらきそのかけはし）』ですね。桃源社版なら初版がありますよ」

「つ、つたかずら……？」

「きそのかけはし。すごく面白いですよ。国枝史郎が大正時代に発表した伝奇小説の名作で、室町時代末期、木曽の領主に親を殺された美形の兄妹が復讐に挑むんです。わたし子供の時に読んだんですけど、とにかく登場人物が……」

「ちょ、ちょっと待って下さい」

釣りこまれそうになった俺は我に返った。話の続きを聞きたいのはやまやまだが、ミスの報告の方が先だ。

「実はキャンセルされたんです。俺の応対がまずかったみたいで」

なるべく手短に、言い訳を交えないように説明する。彼女はうなずきながら最後まで聞き、右腕の杖に寄りかかるように背をかがめた。俺が持っているファックス用紙を覗きこみ、

「この方……番号、非通知にしてらっしゃいますね……」

と、残念そうに言った。つまり、こちらからかけ直して謝ることもできないわけだ。せっかく店に在庫があったのに。

「……すみません」

俺は頭を下げた。落ちこんでいるのが顔つきで丸分かりだったのだろう。彼女は励ますように胸の前で握りこぶしを作った。

「だ、大丈夫ですよ……ほら、五浦さんはまだ働き始めたばかりですし……少しずつ憶えていけばいいんです。今は全然ダメでも！」

「……」

やっぱり今は全然ダメなのか。はっきり宣告されてかえって落ちこんだ。

その全然ダメな素人の俺、五浦大輔がこの店で働き始めたのは、入院中の篠川さん

に祖母の遺した『漱石全集』の査定を頼んだことがきっかけだ。彼女は足の怪我で療養中だった。

膨大な知識を持つこの店主には、もう一つの特技がある。わずかな手がかりや人から聞いた話だけで、古書にまつわる謎ならたちどころに解いてしまうのだ。俺の持ちこんだ『漱石全集』に隠された祖母の秘密も、類い稀な洞察力で突き止めてしまった。

店で働いてくれませんか、と持ちかけてきたのは篠川さんの方だった。俺は体力以外に取り柄のない就職浪人で、読めないくせに本には興味がある。本の話をするのが大好きな美人の誘いを断る理由などどこにもなかった。

こうしてビブリア古書堂の店番に収まった俺は、鮮やかに古書にまつわる謎を解く篠川さんの手腕を目の当たりにすることになった――が、彼女自身の蔵書である太宰治の『晩年』にまつわる事件の後で、一度店を辞めてしまった。

篠川さんは狂信的な古書マニアから蔵書と自分の命を守りきったのだが、そのやり方は他人との信頼関係をも犠牲にしかねないもので、それが俺には受け入れられなかったのだ。

ほどなく退院した彼女は、就活に戻った俺の前に現れ、仲直りを申し出てきた――なによりも大切な『晩年』の初版本を差し出して。俺は本を受け取る代わりに、太宰の『晩年』について、詳しく話してもらうことにした。

それが俺たちにとっての和解になった。日が落ちるまで話し続けた後、ふと彼女は表情を改めて背筋を伸ばした。

「わ、わたし……五浦さんに……あの……」

急に口調がたどたどしくなる。ついに来たか、と俺は身構えた。

「また、うちの店で……は……は……」

またうちの店で働いて欲しい、そう言いたいらしい。耳まで赤くなった横顔の可愛らしさに魂を摑まれた。

「で、ですから……また……」

聞いている俺の方に力がこもる。いっそこちらから働かせて下さいと切り出そうかとも考えたが、そう簡単に片付かない事情もあった。その日受けた採用面接がいい感触だったのだ。リクルートスーツを着こんだ俺に、彼女の方も就活を棒に振って下さいとは言いかねたのだろう。

結局、

「また……あの、ち、近いうちに、ご連絡してもいいですか……？」

「えっ？　は、はい」

話はそれで終わってしまった。タクシーで北鎌倉へ帰る彼女を見送ってから、俺は悶々と頭を悩ませることになった。大人しく就職して正社員になるか、美人かつ変わり者の古書店主のもとでバイトに励むか——。

結論から書いてしまうと、深く考える必要はなかった。数日後、面接先の食品会社から不採用通知が届いたからだ。折からの小麦価格高騰により業績の悪化が、当初の予定より採用人数を絞る必要が、などと長ったらしい説明が続いた末、五浦様の今後のご活躍をお祈り致します、という決まり文句で結ばれていた。

ネットでその会社のことを調べてみると、面接官の愛想が異様にいいのでぬか喜びさせられたという体験談がいくつも見つかった。俺もその一人だったというわけだ。肩を落としているところへ、篠川さんが電話をかけてきた。これという用事はなさそうだったが、連絡するという約束を律儀に守ったらしい。

俺が面接の顛末を正直に話し、また店に戻ってもいいですかと尋ねると、

「もっ、もちろんです！　こ、こちらこそ、よろしくお願いします」

若干嚙みながら喜んで承諾してくれた。なんとなく、自分が収まるべき場所に収まったような気がした。

2

「……次は右端の棚の二段目に、そこの本を差して下さい」

店の奥から篠川さんのか細い声が飛んでくる。

「あ、はい」

カウンターの上に積まれた本の山を抱えて、指定された入り口近くの棚へ向かう。日本史関連のコーナーだったが、棚の至るところに隙間が空いている。そこに黒っぽい背表紙の専門書を詰めていく。

この店に戻ってから、店内の本の補充と入れ替えをずっとやらされている。本来、古書店では定期的に商品を入れ替えなければならないという。古書店には常連客が多い。いつ来ても変わらない品揃え（しなぞろえ）の店には誰も来なくなる。

並んでいるのは古い本でも、ずっと同じ本が並び続けるわけではないし、そうであってはいけないのだそうだ。考えてみれば当たり前の話だった。

篠川さんが店に戻ってから、本を持ちこんでくる客が増えてきている。今のところは店で買い取っているだけだが、近いうちに客の自宅にまで出張する「宅買い」も再開するつもりらしい。

彼女は俺に指示を与えながら、パソコンに向かって通販業務もこなしていた。今は入荷した商品を古書検索サイトにアップしている。

俺が一人で店番をやっていた時とは、明らかに雰囲気が違う。さすがはこの店の主だと思う。

もっとも、多少気になることもないではないが。

「篠川さん、この本どこの棚に入れればいいですか」

俺は店の奥に向かって一冊の本を掲げる――名和弓雄（なわゆみお）『十手・捕縛事典』。カウンターの中にいるはずの店主の姿は、うず高く積まれた本の壁に隠れてしまっている。背表紙のかげから半分だけ顔を出して、

「……その棚の三段目、『江戸町方（まちかた）の制度』の隣に入れて下さい」

とだけ言ってまた引っこんでしまう。彼女は本の内側からほとんど動こうとしない。もちろん、買い取りなどの時にはちゃんと現れて接客をする。最初はぼそぼそした小声で身分証明書の提示などを求めているが、本の話になった途端にスイッチが入ったように饒舌（じょうぜつ）に語りまくる。客が若干引くほどの変化だった。

用事を済ませた客が店を去ると、疲れきった様子でまた本の奥に戻っていく。口に

は出さないものの、本当に接客が苦手なようだ。能力がないわけではなく、性格的に向いていないのだろう。心労を物語るように、本の壁は徐々に高くなってきていた。

そういうわけで、レジ打ちのような知識のいらない接客は、できるだけ俺がこなすようになっていた。今のところ、素人にできることは他になさそうだった。


「……もうすぐ、閉店ですね」

カウンターの奥から篠川さんが声をかけてくる。ガラス戸の外を見ると、柔らかい西日がアスファルトに落ちている。いつのまにか夕方だった。

「こっち終わったんで、レジを締めていいですか」

「お願いします」

手ぶらになった俺はカウンターに戻りかけ、ふと棚の一隅に目を留めた。そこは古い伝奇小説や探偵小説のコーナーで、江戸川乱歩全集の隣に国枝史郎『完本蔦葛木曽桟』が並んでいた。

つい手にとって函から出し、冒頭のページを開く。途端に背筋に軽い震えが走った。本が読めない俺の「体質」のせいで、中身のせいではない。急いで文章に目を走らせる。

舞台は戦国時代のあたりらしい。二人の男が時代がかった言葉遣いで、この世のものとは思えない美しい遊女についてあれこれ噂（うわさ）している。

「いやいや若しもその女が、妖怪変化であったなら……」

「妖怪変化？　変化とは？」

「それではお前まだ聞かぬか？　その美しい鵺鳥には、聞いただけでも慄然（ぞっ）とする呪咀（のろい）が纏わって居るそうじゃ」

「ふうん、そいつは初耳じゃ」

「と云うのは何んでも夜になると、その鵺鳥は一瞬時（ほんのひととき）、現世（このよ）から黄泉（あのよ）へ行くそうじゃ。換言（いいかえる）とつまり死ぬのじゃな。そうして一旦死んで置いて、それから間も無く生き返えるそうじゃ……」

鵺鳥（におどり）というのが遊女の名らしい。死んで生き返るというのはどういうことか。つい続きが気になったが、今は仕事中だ。本を函に戻した。

さっき篠川さんはこの本を子供の頃に読んだと言っていた。どう考えても大人向けの内容だし、難しい漢字も多い。ちゃんと意味が分かっていたんだろうか。

「子供の頃から、難しい本読んでたんですね」

眼鏡をかけた彼女が、本の陰からにゅっと顔を覗かせる。『完本蔦葛木曽棧』の表紙を見せると、口元に照れ笑いを浮かべてまた姿を隠してしまった。

「……漢字を覚えるのが、早かったんです」

声だけが聞こえてきた。

「マンガや児童文学も大好きだったんですけど、大人の読むような本にも興味があって……毎月お小遣い（もら）を貰うと、自転車で島野書店（しまのしょてん）へ走っていって、全部の棚を順番に眺めてました……『蔦葛木曽棧』もその頃に買ったんです。ちょうど文庫版で復刊されたので」

島野書店は老舗の新刊書店兼文具店で、鎌倉駅近くの若宮大路（わかみやおおじ）に本店がある。このあたりに住む者なら、誰でも一度は入ったことがあるはずだ。

「島野書店って、大船の方に行ってたんですか？」

大船駅前の商店街にも支店があり、俺も子供の頃からよく利用している。ひょっとするとすれ違っていたかもしれない。

「いいえ……大船のお店と、鎌倉のお店を両方回ってたんです……本の品揃えが、違いますから」

「は？」

　ここ北鎌倉は大船駅と鎌倉駅の中間にある。自転車を使ったとしても、その二駅を一度に回るのは大人でも一苦労だろう。途中には切通し(きりどお)の長い坂もある。俺は自転車で本屋巡りをする小学生女子を想像しようとしたが、うまくいかなかった。

(どういう子供だったんだろう)

　よくよく考えてみると、彼女について知っていることはあまりない。この土地で生まれ育ち、去年亡くなった父親から古書店を受け継いだ、とにかく本の好きな人——せいぜいその程度だ。この二ヶ月、本以外のことをろくに話していない。

「篠川さんって、どういう……」

　質問しようとした時、大きな音を立ててガラス戸が開いた。目元がきりりとして凛々(りり)しい顔立ちだ。半袖の白いブラウスにグレーのスカートは、山の中腹にある県立高校の制服だ。ちなみに俺の母校でもある。

「よう」

「……どうも」

　小菅奈緒(こすがなお)は軽く頭を下げてから、警戒するように店内を見回した。しぐさも言葉遣いも男っぽい。

「今、店長いないよな？」

「え？　いや……」

「いや、いいよ呼ばなくて」

姿が隠れているので、奥にいるものと勘違いしているらしい。俺は横目でカウンターの奥を窺（うかが）った。最近気付いたのだが、篠川さんが店にいる時、この女子高生はあまり長居しようとしない。

以前、彼女はちょっとした盗難事件を起こしたことがある。最終的に被害者に謝罪し、先方も謝罪を快く受け入れたことで一件落着したが、事件を解決に導いたのが篠川さんだった。

真相を言い当てられた時の驚きが忘れられないのか、「なんとなく苦手」と言っている。考えていることを見透かされそうな気がするらしい。篠川さんも避けられていることを自覚している。多分、気を遣って顔を出さずにいるのだろう。

「実はさ、ちょっと五浦さんに相談したいことがあって来たんだ」

彼女は内緒話のように顔を寄せて言った。

「相談？　俺に？」

「うん。いい？」

どうして俺に、と思わないでもなかったが、とにかく常連客の頼みだ。

「……ああ」

「『時計じかけのオレンジ』って、読んだことある？」

「いや、ないな」

題名は聞いたことがあるが、内容はさっぱり分からない。古い映画のタイトルだと思いこんでいた。原作もあったのか。

俺の答えは彼女を落胆させたようだった。

「そっか……古本屋の人だから、読んでるんじゃないかと思ったんだけど」

そういえば、この少女は本を読めないという俺の「体質」を知らない。多少は本のことを相談できると思ってやって来たのだろう。本の相談をするなら、ぴったりの人物がすぐそこにいるのだが。

「悪いな」

「……別にいいよ。じゃあ、感想だけでも聞かせてもらっていいか？」

「感想？」

「ちょっとこれ読んでみて」

彼女は肩に提げていたスクールバッグから、畳まれた紙を取り出して俺に手渡す。

開いてみると原稿用紙だった。

一行目にきれいな細い字で「アントニイ・バージェス『時計じかけのオレンジ』を読んで」と書かれている。どうやら読書感想文らしい。その次の行には「一年一組小菅結衣（こすがゆい）」という名前があった。

「あたしの妹が書いたんだ。今、中一なんだけど、頭いいんだよ」

「妹、いるのか」

初耳だった。なんとなく一人っ子のような気がしていたのだが。

「兄貴もいるよ。五浦さんよりちょっと上かな。うち、三人兄妹なんだ」

兄妹のことを話し出すと表情が明るくなった。きっと仲がいいのだろう。

「でさ、妹がこの感想文を夏休みの課題で書いたんだけど、そのことでうち今ちょっと揉（も）めちゃってて……」

3

アントニイ・バージェス『時計じかけのオレンジ』を読んで

一年一組　小菅結衣

　この本を読みおわって、わたしはすぐにベートーベンの第九交響曲を聞いた。この本に何回も出てきたからだ。思ったよりも長かったけれど、最後の合唱のところはすごくきれいで、胸がわくわくした。

　わたしはどういう話か知らずに、ネットの本屋でこの本を買った。機械と果物が出てくると思っていたら、どっちも出てこなかったのでびっくりした。

　この本は最後まで読める人と、いやになってしまう人がいると思う。主人公のアレックスは変な言葉で喋って、悪いことばかりしている。道で会った知らない人をなぐったり、よその家に押しいってお金をとったり、女の子に乱暴したりする。何をしても全然反省しないで、仲間と音楽の話ばかりしている。

　警察につかまって刑務所に入っても、悪い人間のままで、ついに洗脳されてしまう。ルドビコという薬を注射されて、人間が死んだり乱暴されたりするところをずっと見せられて、絶対に悪いことができない性格になってしまう。

　いい人になっても、アレックスは全然幸せにはならない。今度は、今まで乱暴した人たちに乱暴されるようになる。それなのに、自分の身を守ることもできない。

「おれは時計じかけのオレンジみたいじゃないか」と、アレックスは叫ぶ。時計みたいに決まった動きしかできなくなったのだ。

刑務所にいる神父は「善良になるということは、ぞっとするようないやなことかもしれない」とアレックスに言う。誰かに押しつけられていい人になっても、本当にいい人になったことにはならないと、作者は言っているような気がする。それよりもまだ、悪いことをしている方が、人間らしいかもしれない。やってはいけないことでも、興味を持つことはあると思う。誰の心にも悪いところはあるのだ。

最後にアレックスは病院で頭の中をいじられて、また悪人に戻る。それもアレックスを利用して、名声を欲しがっている大臣がそうさせるのだ。この小説に本当の意味でいい人は一人も出てこない。アレックスが心をゆるせるのは音楽だけだ。

病室で大好きなベートーベンの第九交響曲を聞きながら、アレックスは地球が悲鳴を上げているところを想像する。わたしもその曲を聞きながら耳をすませる。ひょっとすると、地球の悲鳴が聞こえるかもしれないと思って。

「……どう思う？」

原稿用紙から顔を上げると、小菅奈緒が前のめりに俺の反応を窺っている。

「救いがなさそうな話だな」

いい人が一人も出てこない、という一文が気になった。そういう話も面白そうだ。主人公からしてとんでもない奴のようだが、この「大臣」や「神父」もどういう連中なんだろう。

「そうじゃなくて、この感想文がどうかって話だよ」

「どうって……そうだな、中一にしては文章が上手いんじゃないか？」

肝心の本を読んでいないので、それぐらいしか感想がない。ここに書かれていることが的を射ているかどうかも分からなかった。

「そうなんだよ、すごいだろ！　うちの妹」

俺の適当な感想にも、小菅奈緒は目を輝かせた。

「小さい頃から本が大好きで、感想文もすごく上手くてさ……小学校の時から、毎年表彰されてたんだ」

「なにで？」

「校内の読書感想文コンクールで。あたしや兄貴は全然ダメだったのに。あたしの目から見ても、他の子たちが書いた感想文よりずっといいんだよ！」

ずっとよく見えるのは、むしろ姉の目から見たからじゃないだろうか。この感想文がよく書けているのは確かだが。

「それで、なにがあったんだ？」

内容を踏まえてきちんと感想文にまとめている。ケチをつけるところはなさそうだった。

「この本さ、駅前の本屋で品切れだったみたいで、あたしが結衣に頼まれてネットで注文したんだよ……ほら、あそこ」

彼女はネットの新刊書店の名を挙げた。使ったことはないが、在庫があればその日のうちに発送してくれると聞いたことがある。

「その時に気になったんだよ。なんかすごそうな本で感想文書くなあって。届いてからちょっと読んでみたんだけど、やっぱり暴力描写が多いんだ。結構えぐいっていうか、ひどいっていうか……最初の方だけでも、あたしにはきつかった」

そう言って小菅奈緒は眉をひそめる。

「でも、ちゃんと結衣は読んで、この感想文書いて学校に出したんだ。でも、結衣の学校って厳しいところだろ」

「いや、知らないぞ」

「聖桜(せいおう)だよ。聖桜女学園。今年入学したんだ」

「……ああ」

校名を聞いて納得した。中高一貫のカソリック系の女子校で、校則が厳しいことで有名だ。最寄り駅が大船なので、生徒やシスターの教員をよく見かける。

「この間の保護者面談の時に、結衣の担任がこの感想文をうちの親に見せたらしいんだ。『いい感想文だと思いますけど、不安定な年頃ですから少し気をつけた方が』って……まあ、釘(くぎ)を刺したわけ。でも、うちの親、それでショック受けちゃってさ。結衣もなんかやらかすんじゃないかって本気で心配してるんだよ。あたしと違って大人しいし真面目なのに……」

改めて原稿用紙に目を落とすと、主人公に共感する記述が確かに多い。「悪いことをしている方が、人間らしいかもしれない」「やってはいけないことでも、興味を持つことはあると思う」。逆に素直すぎて子供らしい感想に思えるが、不安になる親はいるかもしれない。

（……ん？）

俺は首をかしげる――結衣「も」なんかやらかす？

「ひょっとして、親に話したのか？　『落穂拾ひ』のこと」

「え？　話したよ」

当たり前だと言わんばかりに彼女はうなずいた。

「結衣や兄貴には言ってないけど、親には一応」

『落穂拾ひ』は彼女が盗んだ本の書名だ。被害者の希望で事件は表沙汰にならなかったので、てっきり両親にも黙っているものと思いこんでいた。意外に律儀というか、生真面目な性格らしい。

「うちの両親、あたしと結衣が本を買った時は、中身を見せなさいって言い出したんだ。それって子供を信用してないってことじゃないか。あたしはチェックされてもしょうがないけど、結衣はなにもしてないだろ。なんとかして結衣に干渉するのをやめさせたくて……どう説得したらいいか、相談しに来たんだ」

だいたい事情が呑みこめた。要するに小菅奈緒は責任を感じているのだ。両親が過剰反応したのは、自分が盗難事件を起こしたせいだ、と。

俺はカウンターの奥をちらりと見た。本の向こうからは物音ひとつしない。こちらの会話に耳を傾けているのだろう。

「この感想文、ちょっと借りていいか」

「いいけど、なんで？」

「篠川さんに見せる」

小菅奈緒は渋い顔をする。あまり関わりたくないと顔に書いてあった。

「本のことだったら色々知ってるし、本好きの人間の気持ちもよく分かってる。相談したいんだったら、俺よりずっといいと思うぞ」

俺の頭にあったのは、さっきの篠川さんの話だった。毎月自転車で書店巡りをして、大正時代に書かれた伝奇小説を嬉々（きき）として買ってくる子供――この小菅結衣が大人になったような女性だ。助言を求める相手としてはうってつけだし、きっと協力を惜しまないはずだ。

「俺が話を聞いて、後で連絡する……それじゃダメか？」

しばらく考えてから、小菅奈緒はうなずいた。

「……分かった。任せるよ」

閉店時刻になったので、カウンターの中でコインカウンターに小銭を入れ始めた。

半ば開いたガラス戸から、ひやりと秋風が吹きこんでくる。さっき小菅奈緒が閉め忘れていったせいだ。

背後で紙をめくる音がする。今、篠川さんは『時計じかけのオレンジ』の感想文を読んでいるところだ。閉店間際になって、ようやく本の後ろから出てきてくれた。

「どう思いますか、それ」

答えがかえってこない。手を止めて振り返ると、パイプ椅子に腰かけた彼女が、本の山に寄りかかるように首をかしげている。ひどく戸惑っている様子だった。

「そ、そうですね……これは……なんというか……」

原稿用紙をめくり、眉を寄せてもう一度頭から読み直している。憂い顔も魅力的で、つい見とれてしまった。やがて、彼女は目を伏せたまま口を開く。

「……この感想文ですけど……」

「ああ、やっぱりここに持ちこんだんだな、小菅の奴」

しゃがれ声が店内に響いた。いつのまにか、坊主頭の痩せた小男がカウンターに肘を突いている。おそらく年の頃は五十代後半、派手なプリント柄のTシャツに、よれた赤いジャケットを羽織っている。肩から提げているレジャーシート生地のバッグには、古い文庫本がぎっしり詰まっていた。

「ああ、志田(しだ)さん、どうも」

「どうもじゃねえだろ、この唐変木(とうへんぼく)。カネ扱ってる最中にぼんやりよそ見してんじゃねえよ。俺がこそ泥だったらどうする気だ」

歯切れよく罵声を飛ばしてくる。志田はこの店の常連で、古書の転売で収入を得るせどり屋だ——そして鵠沼(くげぬま)の橋の下に住むホームレスでもある。

「ご、ご無沙汰、しています……」

篠川さんが不器用に立ち上がろうとするのを、志田が大げさに手を振って止めた。

「いいから座ってな……それにしても姉ちゃん、相変わらず声が小せえなあ。もうちょっとでかい声で喋(しゃべ)ってくれねえか」

「あ……すいません……」

彼女は恥ずかしそうに体を縮こませる。あまりこの人にプレッシャーをかけないで欲しい。また本の向こうに隠れてしまいそうだ。

「どうしたんですか、今日は」

「いや、別に用はねえんだが。ここが営業再開したって聞いたもんだからよ、挨拶しに足を伸ばしたんだ……なあ、それ小菅の妹が書いた感想文だろ」

志田は篠川さんの持っている原稿用紙を顎でしゃくった。

「なんで知ってるんですか？」

と、俺。

「そりゃお前、あいつが俺んとこに持ってきたからに決まってるじゃねえか。『どう説得したらいいか、先生に相談しに来たんだ』って」

意外に上手い口真似だった。志田は小菅奈緒の盗んだ『落穂拾ひ』の持ち主だった。盗難事件以来、加害者と被害者の間に奇妙な交流が生まれている。週に一度は本を貸し借りし、川辺でその感想を語り合っているらしい。「先生」と呼んで懐いてくる小菅奈緒を、志田も可愛がっていた。

「小菅にはなんて言ったんですか？」

せどり屋の志田も本について相当の知識を持っている。親しい「先生」に相談してもなんの不思議もない。ただ、その後わざわざこの店へ来たということは——。

「『親御さんが心配されるのは当たり前じゃねえかな』って言ったんだ。小菅は不満そうだったけどよ、どうもあの手の話は好きになれねえ」

やっぱり、と思った。志田からは助言を受けられなかったのだ。

「昔読んだっきりだが、読み直す気はしねえな。お前、読んだことあるか？　『時計じかけのオレンジ』」

俺は首を横に振る。吐き捨てるような志田の物言いに驚いていた。

「そこにも書いてあるとおり、とにかく主人公が好き放題やってるんだ。麻薬やったり、強盗やったり、女に乱暴したり……まあなんでもありだな。もちろん、作者が犯罪を煽ってるって言ってるわけじゃねえぞ。悪夢みたいな救いようのねえ世界を描いてるだけだ。逆説的な寓話ってやつだな。

まあ、人間誰しも好奇心ってもんがあるからよ、こういう話に共感することはあるかもしれねえ。でもよ、この子はそう思ったってだけじゃなく、堂々と感想文にして学校に出しちまってるだろ。中学生でこれじゃ、先々どんな大人になっちまうか、周りに心配されても無理ねえぜ。親御さんは特にそうだろうよ。違うか？」

「……まあ、そうかもしれないですね」

年齢が年齢だけに、志田は親の目線から見ているようだった。ただ、だからといって子供の読む本をいちいちチェックする必要があるのだろうか。中学生なら干渉されたくない年頃だし、かえってこじれてしまう気がする。

「とにかく、お前らも変に首突っこまねえ方がいいんじゃねえか。どの家庭にだって教育方針ってもんがあるんだからよ……おっ、もうこんな時間か」

志田は柱にかかった時計を見上げて言った。

「じゃ、俺はそろそろ行くぜ。閉店間際に邪魔したな」

唐突に踵を返すと、せかせかと出て行ってしまった。

ビブリア古書堂に再び静寂が戻る。俺は肩越しに篠川さんを振り返った。彼女は膝の上の原稿用紙を凝視したまま動かない。なにか考えに耽(ふけ)っているらしかった。

さっきから黙っているのが気になっていた。小菅奈緒の相談に乗った以上、志田とは違う意見を持っているはずだ。そもそも本の話をしているのに、まったく関心を示さないのはおかしい。

「どうかしたんですか？」

声をかけると、彼女ははっと顔を上げて両手を振った。

「い、いえ、別に……ただ、ちょっと……」

妙な沈黙が流れる。ふと、さっきの会話が脳裏をよぎった。

「そういえば、なにか言いかけてましたよね、志田さんが来る前。あれ、なんだったんですか？」

考えてみると、この感想文を読み始めた時から態度が変だった。なにか気になることがあるに違いない。

しばらくの間、彼女は答えに迷っている風だった——やがて意を決したように口を開いた。

「……この感想文ですけど……厳密に言えば、違うんです」

「違うって、どこがですか？」

「内容、です」

彼女は重々しく言った。

「これを書いた人は、本当の意味で『時計じかけのオレンジ』を読んでいません」

4

表の看板と均一台を片付けてから、ガラス戸に鍵をかけてカーテンを引く。レジを締め終わっているので、これで閉店業務も終わりだ。

今、店内にいるのは俺一人だ。カウンターに戻ると、階段を降りる不規則な足音が聞こえてくる。詳しい話をする前に取ってくるものがあると言って、篠川さんは母屋に戻っていた。

片付けられたカウンターの上には、例の感想文が置かれている——「アントニイ・バージェス『時計じかけのオレンジ』を読んで」。

（読んでいない、ってはっきり言ってたよな）

読まずに適当に書いたということだろうか。しかし、この感想文を読む限り、そんな手抜きをしているとも思えない。そもそもそんなことをすれば、担任の教師や志田がすぐ気付いたはずだ。

「お待たせ、しました」

母屋に通じるドアから、杖を突いた篠川さんが戻ってきた。

俺たちはカウンターを挟んで向かい合う。彼女は小脇に抱えていた二冊の文庫本を天板に並べた。どちらも書名は『時計じかけのオレンジ』。アントニイ・バージェス著、乾信一郎(いぬいしんいちろう)訳、早川書房。

ただ、装丁はまったく違う。俺から見て右側の文庫本の表紙には、目つきの悪い男がナイフをかざしている絵が印刷されている。黄色い帯には「ベスト・セレクション創立50周年　早川書房」の文字がある。ある程度年月が経っているらしく、カバーの端に汚れが目立つ。

左側の『時計じかけのオレンジ』に目を移すと、表紙に印刷されているのは文字だけだ。デザインの感じや紙の状態からいって、こちらの方が新しそうだ。帯には「強い物語。ハヤカワ文庫の１００冊」。この小説はそれぞれの時代で「名作」として宣伝されていたようだった。

「……オリジナルの『時計じかけのオレンジ』は、一九六二年にイギリスで出版されました。多作家のバージェスは当時次々と作品を発表していましたが、若者たちの暴力を題材にしたこの長編が最もよく知られています」

突然、彼女はいきいきした口調で話し始める。いい加減慣れてはいるが、別人のような変わりっぷりだった。

「早川書房から邦訳の単行本が出版されたのは一九七一年、ここにあるのはそれを文庫化したものです。日本ではこの文庫版が最も多く出回っていると思います」

そう言って、彼女はナイフをかざした男の絵を指差した。

「これって、高値がついたりするんですか？」

「いいえ……何十年もの間、版を重ねていたロングセラーですから……とても古書価はつかないですね。均一台に並んでいても、おかしくないと思います」

多少残念そうな響きが声に混じる。

続いて彼女は左側に置かれた、絵のない表紙の方を指差した。

「こちらが二〇〇八年に発行された新しい版です。今、新刊書店で売られているのはこの版ですね。表紙が一新されて、版型や文字が少し大きくなっています」

今は二〇一〇年だから、二年前ということになる。俺は二冊を手にとって比べてみた。新しい版の方がやや厚みがあるようだ。

「これって、中身もなんか違うんですか？」

そう尋ねた途端、眼鏡の奥で黒目がちの瞳(ひとみ)がきらりと光った。彼女は興奮したようにカウンターに両手を突き、大きく上半身を乗り出してくる。ワンピースの下で豊かな胸がゆっさり震えた。

「そこなんです！　旧版と新版では内容に大きな違いがあるんです。本文の一番最後のページを見比べてみて下さい」

視線を彼女から引きはがし、言われるままに旧版を開く。訳者あとがきの前のページをめくると、そこが物語の結末だった。「体質」のせいで読めなくなる前に、できるだけ早く目を通す。

そして、おれは、ベートーヴェンのきらきらな〈第九〉と二人だけになった。

ああ、もうケンランゴーカ、ヤムヤムヤムだった。スケルツォの部分に来ると、おれには、はっきりと、すごく軽くてふしぎなノガ(あし)で走って走って、おれののど切りブリトバ(かみそり)で悲鳴あげてる地球の顔全体を切り裂いてるところが、はっきり見えるんだ。そして、ゆるやかな楽章になり、そして美しい最終楽章の合唱が、これから来る。おれは、まるっきりなおったんだ。

この文章の意味は分かる。きっと例の感想文に書かれていた、洗脳から解放された主人公がベートーヴェンを聴くところだ。振り仮名のついた妙な単語が目につくが、こういう小説なのだろう。

次に新版の方を後ろから開き、結末の方のページをざっと読んでみる。三一〇ページ。

……それでは、みなさんのかわいいドルーグ（ともだち）からさらばだ。それからこの話の中のその他すべてのものにくちびる音楽ブルルルのすッごいシューム（そうおん）を。そしておれのお尻にキスするがいい。でもみなさん、おおわが兄弟よ、たまには汝のかわいいアレックスのことを思い出してもらいたいな。アーメン。そしてくそくらえだ。

「あれっ？」

旧版とまったく文章が違っていた。意味はよく分からないが、とにかく読者に別れを告げているようだった。

「なんで違うんですか？」

「それはですね……」

篠川さんが手を伸ばして新版のページをめくる。物語をいくらか遡り、二九二ページの最後の行あたりを示した。——「そして、ゆるやかな楽章になり、そして美しい最終楽章の合唱が、これから来る。おれは、まるっきりなおったんだ」。

これは最初に読んだ方の結末だ。だが、次のページからは、「7」という数字の振られた新たな章が始まっている。それが最終章のようだった。

「よう、これからどうする？」

俺は頭の中で状況を整理する。

「新しい方では、一章付け加えられてるってことですか？」

「いいえ、それも違うんです」

彼女は首を横に振った。

「こちらの新しい版が、本来の『時計じかけのオレンジ』なんです。つまり、完全版です」

そう言ってカバーの書名の下を指で示した。確かに「完全版」と小さく印刷されている。

「どういうことですか？」

興味をそそられて、俺もつい身を乗り出した。彼女と距離がぐっと縮まったが、もうあまり気にならなかった。本の話の方が重要だ。

「バージェスが一九六二年に発表した初版では、主人公のアレックスの洗脳が解けたところで物語は終わりません」

低い声で彼女は話を続ける。

「アレックスはまた暴力と犯罪の世界に戻りますが、やがてそんな日々にも飽きてくるんです。そんな時、すっかり更生したかつての仲間の一人に再会します……それを契機に考えを変えて……今までの暴力行為とは決別し、家庭を持って大人になることを宣言して、物語は終わりです」

「はあ？」

俺は思わず声を上げた。

「それじゃ、結末が全然違うじゃないですか」

というより、正反対と言ってもいいぐらいだ。

「ええ、そうなんです」

篠川さんは勢いよくうなずく。俺の顎に額がぶつかりそうになった。

「アレックスの暴力行為は、あくまで一過性のものだとバージェスは考えていたようです。彼は大人になって、善悪も自分の意志で選択できるようになる……これは若者の成長を描いた物語だったんです。でも、アメリカ版が刊行された時、出版社の意向で最終章は削除されました」

「なんでですか？」

「たぶん、付け足しのハッピーエンドのように受け止められたんだと思います。でも、問題がさらに複雑になったのは、そのアメリカ版を原作に、スタンリー・キューブリックが映画を製作したためです」

スタンリー・キューブリックなら知っている——と思う。鬼軍曹が新兵たちをしごきまくる戦争映画をテレビで観たことがある。タイトルは忘れたが、あれもキューブリックの監督作だったはずだ。

彼女は古い版の『時計じかけのオレンジ』から帯を取り外す。ナイフ男の絵の下に文字が隠れていた。

“STANLEY KUBRICK'S CLOCKWORK ORANGE”

バージェスの名前よりも大きく印刷されている。なんとなくキューブリックがこの本を書いたみたいに見える。

「この表紙は映画版のポスターを取りこんだものです。映画が大きな評判となったので、この小説はさらに多くの国々で翻訳されるようになりました。邦訳の出版も一九七一年……映画の公開と同時期でしたが、当時最終章の収録された英語版は流通していなかったようで、映画の結末と同じアメリカ版を踏襲してしまったんです」

「え、でも……作者はなにもしなかったんですか？」

結末を削られた小説で、自分の名が世界中に知られていくのは、耐えがたい苦痛の気がするが。

「経済的な理由で、アメリカ版の出版を了承せざるを得なかったと言っていますね。ただ、このあたりの事情は複雑で、アメリカの出版社だけに問題があるとは思えません。本国のイギリスでも、一九七〇年代には最終章のない版が出版されていました。日本では長らくこの文庫版が読まれ続けていましたけど、一九八〇年に早川書房から完全版の単行本が出版されたことがあるんです。つまり、完全版と、そうではない版が同時に流通していたことになりますね……ところが、完全版の方は数年で絶版になってしまいました」

「……完全版が絶版になって、そうじゃない版が残ったってことですか」

「そうなりますね。二〇〇八年になって、ようやくここにある完全版の文庫が刊行され、以前の文庫が絶版になったんです」

俺は腕組みをして二冊の『時計じかけのオレンジ』を見下ろす。なんとも複雑な事情だった。

「バージェスがどちらの版を正統なものと考えているのか、曖昧な時期がありました。不完全な版の出版を差し止められない事情があったのか……あるいはバージェス自身も決めかねていたのかもしれません。アメリカで最初に出版された完全版に寄せた序文で、バージェスはこう書いています……『わたしたちは書いたものを削除することはできる。しかし、書かなかったことにすることはできない』」

カウンターに置かれた原稿用紙に目を落とし、篠川さんはふっと息を吐いた。ため息をついたようにも、話し疲れただけのようにも見えた。

俺は彼女の顔を凝視する。知識の深さに改めて驚いていた。この一件に関わった者の中で、版の違いに気付いたのはこの人だけだ。感想文を書いた小菅結衣も——。

「ん？　あれ、変だな」

俺は首をかしげた。

「今、本屋で手に入るのは完全版だけなんですよね」

感想文では最終章にはまったく触れられていない。まるで存在していないかのようだ。不完全な版を読んだのだろうか。

「……古本屋で買って読んだってことですかね」

それなら最終章について書かれていなくとも不思議はない。しかし、篠川さんは首を横に振った。

「……それはありません。妹さんに頼まれて、ネットの新刊書店で買った、と小菅さんがおっしゃっていたでしょう」

「あ、そうか」

ということは、小菅結衣が持っているのは近年出版された完全版ということになる。ますますわけが分からなかった。

「篠川さんがさっき言ってたのは、このことだったんですね」

本当の意味で『時計じかけのオレンジ』を読んでいない——一体、どうしてこんなことが起こったんだろう。

小菅奈緒の頼みごととは直接関係ないかもしれないが、この齟齬は気になる。なにか事情がありそうだった。

「……どうします？」

俺が尋ねると、篠川さんは考えを整理するように、しばし目を閉じた。

「……小菅さんからの相談に乗る前に、この感想文のことを、もう少し……はっきりさせるべきだと思います」

それについては同感だ。ただ、問題はその方法だった。

「直接、本人に訊いてみるのが手っ取り早いですかね」

この店へ小菅結衣を呼ぶか、俺か篠川さんが電話で話すか――姉の奈緒に頼めば、一応仲介はしてくれるはずだ。妹へのあの溺愛ぶりを考えると、篠川さんがこれ以上介入することに、あまりいい顔はしないだろうが。

「……それは、もう少し後でいい、と思います」

言葉を選ぶように、彼女はゆっくり言う。ひょっとすると、この件の真相に見当がついているのかもしれない。

「後で小菅さんに連絡する、とおっしゃってましたよね」

「あ、はい」

「ちょっと、貸していただきたいものがあると、小菅さんに伝えていただけますか？

大事なことを、確かめておきたいので」

5

定休日を挟んで二日経った。

今日は店を開けてからずっと忙しい。平日にもかかわらず、車に本を積んで持ちこむ客が三人もいて、俺たちはその整理に追われていた。客足もなかなか途切れず、仕事が一段落した時には日が傾き始めていた。

（今日あたり、小菅が来るかもな）

歯抜けになった棚に本を補充しつつ、俺は考えた。

一昨日電話した時、篠川さんの依頼をそのまま小菅奈緒に伝えた。依頼の意図を色々訊かれたが、こちらも分からないので答えようがない。とにかく「大事なこと」らしいと告げると、しぶしぶながら近々届けるという返事がかえってきた。

篠川さんは相変わらず積み上げた本のかげにいる。さらに壁の高さが上がったように見えるのは気のせいか。俺と交替で昼食を取った後は、本の値付けと通販作業をずっとやっているはずだが。

「すーすー、すすすーすー」

かすれた妙な息づかいが聞こえてきて、一瞬俺の手が止まる。これは篠川さんの口笛だ。楽しいことがあると、無意識のうちに口から出てしまうらしい。なにをやっているのか最後の一冊を棚に差し終え、すり足でカウンターに戻った。

予想はついていたが、この目で見てみたいという欲求に負けた。

本の壁の上からそろそろ覗きこむと、パソコンの前に座った彼女が文庫本らしきものを一心に読みふけっていた。よほど夢中になっているようで、俺の視線にまったく気付かない。待っていても埒が明かないので声をかけることにした。

「……あの」

「ひゃっ」

彼女はしゃっくりめいた声を上げて、飛び上がるのと振り返るのを同時にやった。半開きの唇がまだ少し尖っている——あわてて文庫本を閉じて、それからびしっと背筋を伸ばした。アーシュラ・K・ル・グイン『ふたり物語』集英社文庫。

「しっ、仕事、してます……」

声がだいぶ上ずっている。バイトの俺に言い訳する必要はないと思うのだが。かえって悪いことをした気になった。

「すいません。補充終わりました」

「は、はい……では、次にそこの本を……」

アルミの杖を右腕に着けた彼女が、ゆっくり立ち上がろうとした時、

「ただいまー」

音高らかにガラス戸を開けて、小柄な女子高生が入ってくる。着ているのは小菅奈緒と同じ高校の制服だ。秋だというのにこんがり日焼けした肌と、ポニーテールにした伸びかけの髪。南国の海辺が似合いそうな風貌だが、篠川さんの妹だ。名前は文香(あやか)という。

学校帰りにここへ顔を出すのは珍しい。いつもは店の反対側にある裏門から、直接母屋に入っているのだが。

「文ちゃん、お帰りなさい」

と、姉の方が微笑(ほほえ)んだ。どういうわけか、杖を持っていない左手を通せんぼのように広げている。どうしたんだと首をかしげていると、篠川文香は小走りに駆け寄ってきて、ぎゅっと姉に抱きついた。背は姉の方が少し高い。

「うわーい、お姉ちゃん！」

得体の知れない歓声とともに、白い首筋に頬をぐりぐり押しつける。二人ともこぼ

れんばかりの笑顔だ。なぜか無性に恥ずかしくなって、俺は目を逸らした。一体なんなんだこれは。

時間にして五秒ほどそうしていたが、

「よし、これから夕飯作るわ！」

なにごともなかったかのように体を離し、

「じゃあねー、五浦さん」

と、俺にも軽く挨拶して母屋に去っていった。

「……なんですか。今の」

二人きりになってから、彼女に尋ねた。そういえば、篠川姉妹が一緒にいるところを、今まであまり見たことがなかった。普段からあんなことやってるんだろうか。

「挨拶、ですけど……？」

篠川さんは不思議そうに目を瞬かせる。

「毎日、ああやって挨拶してるんですか」

「えっ、五浦さんのおうちではやりませんか？」

さも当たり前のように言う。一瞬、俺の知らないうちに、日本社会にもハグの習慣が根付いたのかと思いこみそうになった。

「いや、うちではやらないですね」

五浦家にいるのは俺と母親の二人だけだが、どちらも並外れて体格がいい。俺が子供の頃ならともかく、今やったら傍目には相撲の立ち会いにしか見えないだろう。

「そうですか……」

彼女は少し声を落とした。

「……妹とは、昔からああなんです……親が、いなかったせいでしょうか」

「え？」

先代の店主である篠川姉妹の父親は、去年まで存命だったはずだ。俺の怪訝な顔つきに気付いたのか、彼女は取り繕うように微笑んだ。

「あ、すいません……もちろん父はいましたけど、娘たちとスキンシップを取るタイプではなかったので」

軽い違和感を覚えたのはその時だった――父親はともかく、母親は？

「お母さんって、どうされたんですか？」

口に出してから、ふと気付いた。そういえば、この人から母親の話を聞いたことがない。「母」という言葉すら、一度も口にしていない気がする。

「……十年前に」

十年前にどうなったのか、説明の続きはない。あまり話したくないのだろう。とにかく今はこの家にいないということだ。

「……すいません、立ち入ったこと訊いて」

俺はこの話題を打ち切った。

「いえ……」

話の接ぎ穂を失って、気まずい沈黙が続く。

そこへばたばたと騒々しい足音が近づいてきた。母屋に通じるドアが勢いよく開き、篠川文香が再び姿を現した。着替えるところだったらしく、片方だけソックスを脱いでいた。

「忘れるところだった。はいこれ、奈緒ちゃんから」

そう言って、俺の手にギンガムチェックの紙袋を押しつける。封はされていないが、プレゼントが入っていてもおかしくない。

紙袋を手にしたまま、俺は首をかしげた。

「……奈緒ちゃん？」

「小菅奈緒ちゃん。知ってるでしょ。今日は用事があってここに来られないから、渡しといてくれって頼まれたんだけど」

「そうじゃなくて……小菅と知り合いだったのか？」

篠川さんの妹と話したことはないと、小菅奈緒から聞いた憶えがある。学年は一緒だが、クラスは別のはずだ。

「あたしは前から顔と名前知ってたよ。あの子、カッコいいから目立つし……文化祭の実行委員会で一緒になって、話すようになったんだ。同じ小学校出身って分かって……中学は違うけど」

「あ、そうか」

言われてみれば、二人とも同じ学区になるかもしれない。一つの土地で生まれ育つと、こういうことはよくある。話したことのない相手でも、どこかで顔を合わせているのだ。

「三年間、クラスも一緒だったんだよ。凄くない？」

いや、それはお互いにもっと早く気づけ。

「とにかく、大事に扱えって言ってたよ。汚したら蹴り殺すって。じゃ、そういうことで」

笑顔で物騒な伝言を口にして、彼女は母屋に駆け戻っていった。いちいち走ることはないと思うのだが。

「見せていただいても、いいですか？」

と、篠川さん。いつもの調子に戻っていることにほっとした。紙袋ごと渡すと、彼女は中身を取り出した。アントニイ・バージェス『時計じかけのオレンジ』ハヤカワ文庫。

俺たちが借り出したものは、小菅結衣が姉を介して購入したという『時計じかけのオレンジ』だった。紙の匂いのする真新しい文庫本で、表紙には小さく『完全版』とある。

「やっぱり、最終章が入ってる方でしたね」

俺は言った。篠川さんは無言でぱらぱらとページをめくっている。小菅結衣がどの版を持っているかはこれで確認できたが、依然として謎は残っている。それなら、どうして感想文では最終章が無視されているのか。

「……あ、やっぱり」

低いつぶやきが聞こえた。本を開いたまま、篠川さんは手を止めていた。

「だいたい、分かりました」

「え？」

と、俺は聞き返す。

「なにが分かったんですか？」

「どういうことが、起こったのかが、です」

いくつかのページの天をまたぐように挟まっている、栞のような二つ折りの紙片を彼女は指差した。「ハヤカワ文庫 註文カード」という文字の下に「取次・書店名」の欄があり、書名やバーコードも印刷されている。つまんで取り出しやすいように、半円形の切り込みがはみ出していた。

「これ、ご存じですか」

「ええっと……見たことはあるんですけど……」

なんのためにあるのかはよく分からない。彼女は一つ咳払いをして、すらすらと説明を始めた。

「これはスリップといって、新刊書店に入荷される本に挟まっているものです。お客様に売る時、レジでこれを抜き取って保管しておくんです。どの本がどの程度売れたかをチェックして、追加の発注をかける……主に在庫管理のためのものですね」

俺は無言でうなずいた。それと感想文の話がどう繋がるのか、見当がつかなかった。

「古書店にとっても、このスリップの有無は一つの目安になります。真新しい本が買い取りで持ちこまれた時、もしスリップが挟まっていたら注意が必要です。普通は書店で抜かれるはずのものがそのままになっている……万引きされた商品の可能性があるんです」

俺ははっとした。

「それじゃ、この本……」

いや、確かネット書店で買ったという話だった。通販で売られている本を万引きするのは無理だろう。あるいはその話自体にも裏があるのか。

「あっ、ごめんなさい。この本が万引きされたというわけじゃありません」

膨らみかけた想像が一気にしぼんだ。

「最近ではスリップを使わずに、書籍バーコードから商品データを読み取って、在庫管理をする書店も増えています。大手のネット書店は大抵そうです。そういうお店で本を買うと、スリップは挟まったままですね」

「……なるほど」

だったら、スリップが挟まっていて当然だ。むしろ「近所の書店で品切れで、ネットでこの本を買った」という小菅奈緒の話が裏付けられたことになる。

しかし、篠川さんは浮かない表情だった。

「でも、実はこのスリップから、もう一つ分かることがあるんです……それを確かめるために、この本をお借りしたんですが……」

彼女の白い指先がスリップの耳に触れる。確かめた結果は、あまり喜ばしいものではなかったようだった。

「……小菅さんの妹さんに、ここへ来て欲しいと伝えていただけませんか。できれば、わたしと彼女の二人だけで話をしたいんです」

6

篠川さんと小菅結衣が会う段取りを付けるまでに、それから数日を要した。できれば本人と直接連絡を取りたかったが、携帯もパソコンも持っていないとのことで、姉の奈緒を介するしかなかった。奈緒との話し合いがなかなか進展しなかったのだ。

俺たちの関心が小菅家両親を説得する方法よりも、感想文の中身そのものに向いていることは感づかれていた。

『なんの話なのか、はっきり言えよ』

そう電話で迫られたが、俺にも答えようがない。とにかく篠川さんが二人で話したがっていると繰り返すしかなかった。

『そうか、じゃああたしも付き添う』

妹への気遣いの数々に接するうちに、一つ気付いたことがある。今回のことについて、小菅結衣本人がどういう反応を示しているか、奈緒の話にはまったく出てこないのだ。姉が自分のために動いていることを、あまり喜んでいないのかもしれない。

「とにかく、本人に伝えてくれるか。付き添いが必要かどうかも、本人に訊けばいいだろう」

ほどなくして小菅結衣からの伝言が届いた。一人で篠川さんに会いに行く、ということだった。

小菅結衣が指定してきた日時は平日、それも午前中の開店時間前だった。ビブリア古書堂の場所は知っているらしい。俺は普段より早く出勤し、篠川さんと開店準備を終わらせて来客を待った。

二人だけで話すはずの場に、俺も同席することになったのは、小菅奈緒に頼まれたからだ。

「結衣は一人で平気って言ってたけど、やっぱり心配なんだ。もし必要だったら、フォローしてやってくれよ」

彼女にもおぼろげに察しが付いている様子だった——おそらく小菅結衣にとって、あまり愉快な話し合いにはならない。以前、小菅奈緒が篠川さんに呼び出され、盗難事件を追及された時と似たような雰囲気だった。

俺の同席に篠川さんは困惑気味だったが、小菅結衣がいいと言うならと了承してくれた。

「今日って、創立記念日かなんかですかね」

壁の時計を見上げながら言った。わざわざ学校をサボってここへ来るとも思えない。

「多分、体育祭の振り替え休日です」

さらりと答えがかえってくる。なるほど、と納得しかけて、

「……なんで分かるんですか？」

「わたし、聖桜女学園のＯＧなので……」

初耳だった。しかし、女子校出身だと言われると色々納得が行く。特に男性の視線を警戒していないあたりが。今日は淡い色のＶネックのニットを着ているのだが、ちょっと——いや、もういい。

「ひょっとすると、大学も女子大ですか。ミッション系とかの」

「えっ、どうして分かったんですか？」

眼鏡の奥で目を丸くしている。本気で驚いているらしかった。

「いや、なんとなく」

見たまんましか言いようがない。きっと昔からこんな調子だったのだろう。

「……そうなんです、小学校は公立だったんですけど、後はずっと女子校で……」

俺はうなずきながら聞いていた。もっと彼女の過去について知りたかったが、ガラス戸の開く音で話が途切れた。

メタルフレームの眼鏡をかけた下げ髪の少女が立っていた。チェックのワンピースに、白いデニムのジャケットを羽織っている。アクセサリーの類はおろか、髪をしばったゴムにも飾り一つ付いてない。私服にもかかわらず、完璧に校則の範囲内のようだった。

「……姉に言われて来たんですけど」

と、小菅結衣は言った。警戒心むきだしの硬い声。凹凸のはっきりしない目鼻は、あまり姉に似ていなかった。

「ど、どうぞ……こちらへ……」

カウンターの内側に座ったまま、篠川さんはぼそぼそと促した。中学生相手に緊張しているらしい。人見知りにもほどがある。

店内に入った小菅結衣は、入り口の戸をきちんと元通りに閉める。俺は無言で脇に避けて、ガラスケースを背にして立った。話すのはあくまでも二人だと思ったからだ。

「小菅結衣です」

「どうも……わざわざ、来ていただいて……」

微妙に会話がかみ合っていない。大人の篠川さんが名乗るのを忘れているのだ。

「……なんのご用ですか」

少女は通路の途中で立ち止まり、腕組みをして冷ややかにこちらを眺めている。顔立ちは違うが、この気の強さは姉に通じるものがある。

「わたし、早く帰りたいんです」

「……そうですね、あの……」

「頼んでもいないのに、色々勝手なことして」

憎々しげな口調に、俺たちは呆気(あっけ)に取られた。

「本のことなんか、全然分かってないくせに」

小菅奈緒のことを言っているのだろう。思ったよりも姉妹の間の溝は深いようだった。いや、妹の方が姉を一方的に嫌っているのか。

「……君のためにやってるんじゃないのか」

「そんなこと頼んでません。買った本ぐらい見られてもいいのに、毎日毎日親とケンカしてて……ほんとウザい」

姉の空回りだと言わんばかりだった。

「わたしの感想文なんだから、放っておいてくれればいいのに」

「……質問が四つあります」

篠川さんが指を四本立てて、よく通る声で言った。急にスイッチが入ったらしく、うって変わって堂々とした態度だ。

「あの読書感想文を、あなたは自分の家で書いたんですよね？」

「……そうですけど」

多少、相手の変化に戸惑ったようだったが、小菅結衣は素直に答えた。

「課題は家でやることにしてますから」

「普段、図書館は利用していますか？」

「いえ、全然……他の人が触った本って、気持ち悪くて」

そう言いつつ、ちらりと左右の本棚に目をやる。古書店員への挑発とも受け取れる言葉だった。外見は大人しそうだが、大した度胸だ。

「それでは、お友達とも本の貸し借りもなさらないんですね」

「しません。友達はあまり本を読まないし」

「ご家族とも？」

ほんの一瞬、間があった。

「家族から借りるぐらいなら……でも、滅多にないです。うちの家族もみんな本は好きじゃないから。読んでもせいぜい雑誌とか、それぐらい」

いや、姉の奈緒は志田から借りた本を最近よく読んでいるはずだが。この少女の中では、本好きにカウントされていないらしい。

「そうですか、分かりました」

篠川さんはうなずいた。

「もういいですか？　わたし、そろそろ」

「ごめんなさい、もう一つ質問がありました」

そう言って、今度は人差し指を立てる。

「あなたは、どうやってあの感想文を書いたんですか？」

しんと店内が静まりかえった。今ひとつ意図の分からない質問に思えるが、小菅結衣の目がかすかに見開かれた。

「……本を読んで、ですけど。そこにあるの、わたしの本でしょう？　それを読んだんです」

彼女はカウンターを指差した。そこには俺たちが借り出した完全版の『時計じかけのオレンジ』が置かれている。

「この小説には二種類の結末があります。アレックスの洗脳が解けたところで終わる不完全な版と、自らの意志で更生を決意する最終章が収録された完全版です。あなたは完全版を読んだのに、どうして最終章のない版の感想を書いたんですか？」

ついに核心に触れた。もし小菅結衣がなにか隠しているなら、動揺を示すはずだと思っていた。しかし、そうはならなかった。

彼女は妙に大人びた、不敵と言っていい笑みを浮かべていた。

「終わりの章はあまり面白くなかったから、無視しただけです。急にいい人になっちゃうなんて変じゃないですか。アレックスがベートーヴェンを聴いて終わるところがすごくよかったし……前に出た本だと、そこで終わってるって知ってたんです」

一応は筋の通った説明だ——ただ、なんとなく違和感がぬぐえない。後から最終章の存在に気付いて、上手い言い訳を当てはめたようにも思える。

「『おれののど切りブットバ（かみそり）で悲鳴あげてる地球の顔全体を切り裂いてるところが、

はっきり見えるんだ。そして、ゆるやかな楽章になり、そして美しい最終楽章の合唱が、これから来る』」

篠川さんはよどみなく暗唱し、小菅結衣に微笑みかけた。

「確かによかったですね。わたしも初めて読んだ時、とても怖くて、素敵な文章だと思いました」

「ええ、だからそこまでで感想を……」

「でも、あなたはこの本をそこまで読んでいないでしょう？」

「えっ」

と、声を上げたのは俺だった。小菅結衣本人は若干顔をしかめただけだ。

「そんなことありません。ちゃんと全部読みました」

「本当ですか？」

「本当です。読んでないっていう証拠でもあるんですか」

そんなことを証明できるとは思えない。しかし、篠川さんは動じた様子もなく、カウンターに置かれた『時計じかけのオレンジ』を小菅結衣に向かって差し出した。

「この本を最初の方からめくってみて下さい。ざっとで構いません……さあ、どうぞ」

有無を言わせぬ口調に、少女はしぶしぶ従った。自分の本をひったくるように受け取ると、ぱらぱらとページを送っていく。

ふと、その動きが止まった。二つ折りになったピンク色のスリップが、中ほどの数十ページをまたぐように差し込まれていた。小菅結衣はなにげなく半円の切り込みをつまんで引き抜こうとする。

「あなたはどうやってスリップを抜かずに、すべてのページを読むことができたんですか」

少女の指が止まった。そうか、と俺は思った。スリップを引き抜かない限り、挟まれたページを読むことはできない。一度抜いたスリップを、わざわざ元通りに差しこむ人間もいないだろう。「スリップからもう一つ分かることがある」というのは、このことだったのだ――持ち主がその本を通読したかどうか。

「あなたはこの『時計じかけのオレンジ』を最後まで読んでいません。完全版とそうでない版の違いに気付かなかったのも、途中で読むのをやめたからです。にもかかわらず、読書感想文を書くことができた……可能な説明は一つしかありません」

篠川さんは息を吸いこんで、きっぱりと言った。

「あ、あ、あ、あなたは、他人の感想文を書き写したんです」

7

開店時間にはまだ間があった。

古い時計が針を刻む音だけが聞こえてくる。やがて、小菅結衣は血の気の失せた唇をおもむろに開いた。

「いい加減なこと、言わないで下さい」

かすかに震えているが、意外に強い口調だった。

「わたしが、誰の感想文を写したって言うんですか？」

篠川さんが困惑したように眉を寄せる。言い返されると思っていなかったらしい。

「……それでは、もう一つ質問をします。あなたはどこで『時計じかけのオレンジ』を知ったんですか？」

「え？」

少女は意表を突かれたようだった。

「この作品は確かに古典の名作ですが、五十年も前の海外の小説です。家族とも友達とも情報交換をしないあなたは、一体どこでこの本を知って、感想文を書くことにしたんですか？」

「それは……本屋で見かけて……」

「近所の本屋では品切れだったはずです。それに、この感想文には『どういう話か知らずに買った』と書かれていますね」

篠川さんは追及の手を緩めなかった。

「真相は逆だったんじゃないですか？　あなたはこの感想文を読んで、『時計じかけのオレンジ』に興味を持ったんです……最初は本当に読んで自分なりの感想を書こうとしたんでしょう。そうでなければ、わざわざ探してまでこの本を買う必要もありませんから。でも、うまく行かずに仕方なくその感想文を写すしかなかった……」

「いい加減なこと言わないでって言ってるでしょう！　証拠もないのに！」

「証拠なら、多分すぐに出てきます」

小菅結衣の叫びにも、篠川さんは動じた様子を見せなかった。

「あなたは読書感想文を家で書いたと言いましたね。図書館も利用していないと……その言葉が本当なら、元となった感想文は自宅にあることになります。もちろん、ご家族のどなたかが過去に書かれたものではありません。それなら、すぐに分かってしまいますし。どこから誰の作文を写したのか、もちろん可能性は一つではありませんが……」

彼女は言い聞かせるような、ゆったりとした口調で続けた。

「あなたが卒業した小学校では、読書感想文コンクールが毎年行われていますね……優秀な作文を文集にして、全校生徒に配っていたんじゃありませんか？」

小菅結衣の表情が凍りついた。ふと、脳裏に姉の奈緒の言葉が蘇る。

(あたしの目から見ても、他の子たちが書いたのよりずっといいんだよ)

あの時から不思議には思っていた。妹の作文と他の生徒たちの作文を、どうやって「あたしの目」で見比べていたのか――そんな機会などそうあるわけがない。文集にでもまとめられていない限りは。

「当然、あなたの入学する以前からコンクールは行われ、文集も配られていたはずです。きっとこの感想文は、『時計じかけのオレンジ』の完全版が発売されていなかった時代……あなたのお姉さんかお兄さんが在学していた頃、誰かの手で書かれたものでしょう。奈緒さんが気付かなかったということは、一番上のお兄さんに近い学年の生徒が書いた可能性が高いですね……後は、すぐにでも調べがつきます」

しばらくの間、誰も口を利かなかった。

ハヤカワ文庫を握りしめた少女の手が、力を使い果たしたようにぶらりと下がった。

「……誰にも、分からないと思ったんです」

うつむいたまま、ぽつりとつぶやいた。

「昔の文集を読んで、次に読む本を探すのが好きで……ああいうのって、毎年一人ぐらいはすごい感想文を書く人がいるんです。わたしが読んだ中で、一番びっくりしたのが『時計じかけのオレンジ』の感想文で……文章が上手くて、内容も大人っぽくて……すごく、いいと思ったんです」

ということは、どこかの小学生がこの小説を読んで感想文を書いたのだ。きっといつの時代、どの学校にも並外れた本好きの子供はいるのだろう。俺の周りにだっていたかもしれない。

「わたしも読んでみたいって思ったんですけど……買ってみたら、アレックスは思ったよりもひどいことしてるし、難しい言葉も多いし……結局三分の一ぐらいで、読むのをやめちゃったんです」

姉の奈緒も同じことを言っていた。姉妹の本の好みは意外に近そうだった。

「でも、どうして感想文を写す必要があったんですか？」

と、篠川さんは言った。

「わたしにはそれが不思議でした。『時計じかけのオレンジ』を読めなかったのなら、別の本で感想文を書くこともできたはずでしょう？」

小菅結衣の頬に赤みが差した。急に顔つきが幼く――というより、年相応になった気がした。

「お姉ちゃんが……あの、こんなの読めないって言ったから……」

「え？」

篠川さんが聞き返す。

「……お姉ちゃん、最近彼氏ができたんです」

俺たちは思わず顔を見合わせた。ご存じですか、と訊かれている気がしたので、いいえ全然、と首を横に振った。

先月、小菅奈緒は好きなクラスメイトに告白しようとして、こっぴどく振られている。本の盗難もその過程でやってしまったことだ。彼女を振った少年は、校内で孤立した挙げ句、逆恨みでビブリア古書堂の看板に放火し――今も停学中だと聞いている。

「夏休みにお菓子を作ってでかけたことがあって……たぶん、告白してうまくいったんです。すごく頭のいい人みたいで、難しそうな本をしょっちゅうその人から借りて読んでて……わたしより、本に詳しくなっていくみたいで……」

聞いているうちに頭が痛くなってきた。この少女は完全に誤解している。小菅奈緒が本の貸し借りをしている相手は彼氏などではなく、親子以上に年の離れたせどり屋兼ホームレスだ。

そう指摘しようかとも思ったが、やめることにした。本人が家族に言っていないことを、他人の俺が口外するのはおかしい。

「……お姉さんより、本を読めるところを見せたかったんですね」

篠川さんがしんみりした声で言った。突然、小菅結衣は深々と頭を下げてくる。

「このこと、お姉ちゃんには黙ってて下さい。お姉ちゃん意外と真面目だから、きっと親に全部話すと思うんです。そうなったら、ほんとに大変なことになっちゃう」

「でも……」

「悪いことをしたのは分かってます。でも、どうせうちの家族と今の学校の先生しか知らないじゃないですか。この感想文を書いた人だって気が付いてないし……あの、お二人が黙っててくれれば……」

「小菅結衣さん」

突然、篠川さんが彼女の名を呼ぶ。その声には人の口をつぐませる重みがあった。

「あなたは昔の卒業生の感想文を、自分のものにしてしまいました。もし彼女が気付かなかったとしても、その事実は残ります……それに、読んでいない本の感想を書くのは、著者への侮辱だとわたしは思います。あなたは、本を読むのが好きではなかったんですか？」

カウンターの中で、彼女は自分の膝に手を置いている。俺は彼女が一冊の本の表紙を撫でていることに気付いた。黄色い帯が巻かれた古い版の『時計じかけのオレンジ』。彼女が俺に説明した時に持ってきた一冊だった。

「バージェスはこう言ってます。『わたしたちは書いたものを削除することはできる。しかし、書かなかったことにすることはできない』って。あなたもこの感想文を書き写さなかったことにはできません。自分のしたことの重みを背負うべきです」

小菅結衣は唇をぎゅっと嚙みしめる。これから起こることに怯えているのだろう。

「お姉さんにすべて打ち明けて、助言を求めて下さい。わたしに言えるのはそれだけです」

「え……」

「奈緒さんなら、きっとあなたにとって一番いい形で収めてくれるでしょう。今、あなたがどういう気持ちでいるのか、きっと理解してくれるはずです」

確かに小菅奈緒なら、取るべきではない方法を取ってしまった者の気持ちがよく分かるはずだ。彼女自身がそうだったのだから。そして、妹のことを大事に思っている。

やがて、小菅結衣は静かに顔を上げた。

「分かりました……そうしてみます」

8

小菅結衣の一件について、他に語ることはあまりない。

姉の奈緒は俺たちに詳しい顛末を語らなかった。

数日経ってから店に現れて、篠川さんに「ありがとうございました」と礼を言っただけだ。それ以上の騒ぎにはならなかったところを見ると、妹がなにをやったのか両親には伝えずに済ませたのだろう。

この前の休日、大船の駅ビルの書店で小菅姉妹を見かけた。文庫本コーナーの前で頭を寄せ合って楽しそうに話をしていた。少しは仲よくなったのかもしれない。

他に語ることはあまりない、と書いたものの、実は俺にとって重要な後日譚(ごじつだん)が一つある。小菅結衣が店に来た次の日のことだ。

時刻はちょうど昼過ぎで、篠川さんは母屋で食事休憩中だった。散歩ついでに立ち寄る常連客が帰っていったところで、店にいるのは俺一人だった。

ふと、カウンターに置きっぱなしの『時計じかけのオレンジ』に目を留めた。最終章の収録されていない古い文庫版だ。

篠川さんは母屋の二階からこの本を持ってきた。店の在庫ではなく、彼女自身の蔵書ということだ。帯を改めて眺める——「早川書房　創立50周年」。

一体、いつごろ買ったものなんだろう。

ページをめくって奥付を見ると、「一九九五年一月十五日　二十五刷」とあった。思ったよりも昔だ。ちょうど十五年前。もちろん、篠川さんが古書を買った可能性もあるわけだが、もし新刊で買ったとすると、この頃はまだ——。

「あっ」

つい声が出てしまった。前日から頭の隅にあったいくつかの疑問が、突然一つに繋がった。

(彼女が気付かないとしても、その事実は残ります)

そう篠川さんは言っていた。よくよく考えると、小菅結衣は感想文を書いた生徒が女子生徒だとは口にしていない。男子生徒の可能性だってあったはずだ。

そして、この家は小菅家と同じ市立小学校の学区内にある。自分で「小学校までは公立だった」と言っていた以上、そこに篠川さん自身も通っていたことになる。どうしてそのことを伏せていたのか。

「遅れて、すいません」

視界の外から声をかけられて、俺は顔を上げた。母屋から戻ってきた篠川さんが、後ろ手にドアを閉めるところだった。

「ちょっと、探しものをしていて……」

俺が『時計じかけのオレンジ』を開いていることに気付いて、彼女は息を呑んだ。それでも、ここへ来る前に覚悟を決めていたのだろう。珍しく俺の目を見たまま、話の口火を切った。

「あの……わたし、五浦さんに……謝らないといけないことが……」

そう言いながら、小脇に抱えていた薄い冊子を俺に差し出した。探しものというのはこれだったらしい。

表紙の書名は『めぶき』。「芽吹き」から来ているのだろうか。その下に「鎌倉市立岩谷小学校　平成七年」とある。つまり一九九五年だ。

無言で受け取ってページをめくる。目次を読むと、収録されているのはすべて読書感想文だった。この『めぶき』は感想文コンクールのたびに発行されているのだろう。

目指すべきページはすぐに見つかった。

　『時計じかけのオレンジ』を読んで

　そう印刷された次の行に目を移す——「四年二組　篠川栞子」。

「すいません……」

　彼女は真っ赤になって頭を下げてきた。

「これ……わたしの、感想文なんです」

　つまりそういうことだ。

　篠川さんは今回の謎を推理で解いたわけではなかった。小菅結衣のやったことを最初から承知していて、謎を解くふりをしただけだったのだ。

「どうして、最初から言わなかったんですか？」

　俺にはどうしても分からなかった。隠す必要などなかったはずだ。小菅結衣にも長々と説明するまでもなく、この文集を見せて「わたしが書きました」と宣言すれば済んだはずだ。

「それは……あの……」

消え入りそうな声で彼女は言った。

「ご、五浦さんが……」

俺？　俺がどうしたんだ？

「志田さんが『中学生でこれじゃ、先々どんな大人になるか』っておっしゃった時、五浦さんは『そうかもしれない』って……」

「……あ」

この作文を書いた時、篠川さんは中学生どころかまだ小学生だった。俺も志田もまったく気付いていなかったが、目の前に「大人」になった本人がいたことになる。

「この感想文を書いた時も……問題視する先生がいたんです。こんな感想を書く子供は心配だって……もちろん、庇ってくれる先生もいたので、文集に載ったんですけど……でも……」

彼女の声はますます小さくなっていった。

「……五浦さんに、そういう風に思われるのは、嫌だなって」

そういえば、志田が現れる直前にも、この感想文についてなにか言おうとしていた。きっとあの時点では本当のことを話すつもりだったのだ。

不意に文集の一文が俺の目に飛びこんできた。

「わたしはどういう話か知らずに、島野書店でこの本を買った」

小菅結衣の感想文と唯一違っている箇所だった。きっと小遣いを貰った後で、自転車で本屋巡りをしていたのだろう。小学四年生の彼女の姿を、今度は思い浮かべることができた。

「……こういう感想文を書く子供って、どう思いますか？」

俺は『めぶき』をめくって他の感想文にざっと目を通す。森鷗外（もりおうがい）や太宰治といった近代文学作品の感想文はいくつかあったが、『時計じかけのオレンジ』の感想はその中でも異彩を放っている。

「……変わってるとは思いますけど、別に悪いわけじゃないですよ」

と、俺は答えた。

「ちょっと会ってみたいですね。この頃の篠川さんに」

篠川さんは照れたように笑った。

小学生がこの感想文を書いたからといって、それがどうしたと言うのか。感想はただの感想だ。現実にどんな行動を取るべきか、大抵の人間は自分で判断することができる。この小説の中でだって、アレックスは自分の意志で悪事を卒業したんじゃないか。

俺は『めぶき』を閉じて、彼女に返す。『時計じかけのオレンジ』の作者が言っていたように、書いたものを書かなかったことにはできない——しかし、この感想文を書かなかったことにする必要はないだろう。

「……完全版を読んで、どう思ったんですか？」

「え？」

「感想が聞きたいですね」

当然、感想は変わったはずだ。なにしろ結末が変わったのだから。今の彼女がこの小説についてどう思っているか。俺にはそのことにより興味がある。

篠川さんの笑みがさらに大きくなった。

「……長くなりますけど」

「じゃ、店を閉めてからでいいですか」

「ええ、もちろんです」

俺たちはそれぞれの仕事を始めた。本の壁の向こうに戻った彼女は、いつものようにかすれた口笛を吹いている。

今は本を読んでいないはずなのだが。

第二話　福田定一『名言随筆　サラリーマン』（六月社）

1

店の前に車を横付けするために、ぐるりと回り道しなければならなかった。

T字路で慎重にハンドルを切って、ホーム沿いの狭い道路に出る。「古書買取・誠実査定」の看板の前に、眼鏡をかけた髪の長い女性が立っていた。毛皮が襟についたブルゾンと細身のロングスカートは秋らしい装いだが、工具でも入っていそうな帆布のショルダーバッグを提げているのがアンバランスだった。

目の前で車を停め、手を伸ばして助手席のドアを開ける。

「お待たせしました」

そう声をかけると、彼女はお辞儀をしながら乗りこんでくる。ぎくしゃくした動きで杖を畳み、シートベルトも装着、膝の上でバッグをしっかり抱えこんだ。

「行きましょうか」

俺は声をかける。緊張を隠しきれていなかった。

「はい……行きましょう」

ハンドブレーキを下げ、ゆっくり発進させた。

　円覚寺の門前にさしかかると、紅葉（もみじ）がまだらに色づいている。帽子を被った中高年の団体客が道路を横切っていて、なかなか車は前に進まなかった。行楽シーズンの鎌倉ではよくあることだ。

「……初めてですね」

　篠川さんが口を開いた。

「なにがですか？」

「こんな風に、出かけるのが」

　ちょっと俺は黙りこんでしまった。確かに彼女の言う通りだ。店の外でこうして二人でいることは今までにほとんどなかった。

　ただ、あまり胸はときめかない。

「……でも、いずれは五浦さん一人で、行っていただくことになります……急がなくても構わないので、少しずつやり方を憶えていって下さい」

「分かってます」

　俺は神妙にうなずいた。

　当然といえば当然だが、これはデートなどではない。俺たちが乗っているのは、ビブリア古書堂の駐車スペースにあった古いライトバンだ。積み荷が多くなってもいいように、後部座席は畳んである。

「場所は御成町でしたよね」

「ええ、かなりでかい家ですよ。書庫があるみたいで」

御成町は鎌倉駅に近い住宅街だ。俺たちは「宅買い」――本の出張買い取りに向かうところだった。

踏み切りを渡って国道に出ると、俺は少しスピードを上げた。オレンジ色の路線バスの後について、緩い坂を上がっていく。

「五浦さんは、その方のお宅に、行ったことがあるんですよね？」

一瞬、ぎくりとした。

「……まあ、同じクラスだったんで」

別に嘘はついていない。高校時代のクラスメイトから、実家の蔵書を買い取って欲しいと依頼され、俺たちはそこへ向かっているところだった。

ただ――ちょっと説明しにくい事情がある。俺が緊張しているのもそのせいだ。

話は二日前に遡る。

大船駅のそばには古くからの商店街がある。

細長い通りに小さな商店が軒を連ねており、夕方はいつも買い物客でにぎわっている。品物が道路にまで並べられており、肩をぶつけ合わずにすれ違うのは難しい。生鮮食品や日用雑貨を扱う店が多いのだが、駅から遠ざかるにつれて日本酒の銘柄が入った居酒屋の看板が目立ってくる。

日が暮れ始める頃、次々と居酒屋が営業を始め、仕事帰りのサラリーマンや近所の住民たちがそこに集まってくる。

俺たちが飲んでいるのもそんな居酒屋の一つで、魚介類のつまみが豊富でとにかく安い。今日は高校時代からの友達と一緒だった。

「今も働いてるのか？　古本屋で」

一杯目のビールが来たところで、その友達――名前は澤本（さわもと）という――は言った。俺には三年間同じクラスだった奴が二人いるが、そのうちの一人がこの男だった。

「一度辞めたんだけどな……色々あって戻ったんだ」

「ん？　前に電話した時、埼玉かどっかの食品会社で最終面接に残ったって言ってなかったか」

俺は無言で首を横に振る。すべてを察したのか、取りなすように人懐っこく笑った。

「まあ、俺は地元に飲める奴が残ってくれてよかったよ。お前以外に飲みに付き合ってくれる奴、あまりいないからな」

いつのまにか澤本はジョッキの中身を飲み干していた。鬱陶しいぐらい彫りが深く濃い顔立ちで、とにかく酒に強い。実家は腰越で代々漁師兼魚屋をやっている。高校では剣道部の主将を務め、クラスでは頼れる兄貴分的な存在だった。

一浪して国立大に入学し、外資系の電機メーカーに就職も決まっている。

「お前がいるならその店も安心だろう。大変だったそうじゃないか。店長がストーカーに襲われたって聞いたぞ」

「よく知ってるな」

俺は目を丸くした。正確には篠川栞子のストーカーではなく、彼女が持っている太宰治の稀覯本のストーカーだ。田中敏雄というその男は逮捕され、新聞記事にも名前が載った。報道では彼女の名前や店名は伏せられていたはずだが。

「地元で起こった事件だぞ。噂ぐらい立って当たり前じゃないか」

「犯人はどうなった？」

澤本が大きな声で言った。

「今、裁判中だ……実刑は食らうらしい」

何年かは刑務所から出てこないだろう。もちろん、永遠に拘留されるわけではない。

いずれ田中が再び彼女の前に現れる可能性は捨てきれなかった。

「で、その店長といつから付き合ってるんだ？　美人なんだろう」

俺は顔をしかめてジョッキを置いた。そんなことまで噂になっているのか。いや、澤本の情報網が無駄に幅広いだけかもしれない。

「付き合ってねえよ。店で働いてるだけだ」

「おかしいな、俺の聞いた話では、犯人が捕まった後、お前が告白して……」

「聞いた話が間違ってんだよ。告白したわけじゃなくて、本の……」

「本？」

「……いや、別に」

本の話をして仲直りしただけだ——が、それをうまく説明するのは難しかった。

「でも、ただの店長とバイトってわけでもないだろう、その様子だと」

「……どうなんだろうな」

彼女は本以外のことをほとんど話さない。個人的なことにどこまで踏みこんでいいのか、未だに距離感がつかめない。初めて知り合うタイプの女性だった。

澤本が太い眉を寄せている。気がかりなことがあるようだった。

「どうした？」

「先月あたりかな。お前の話になって、古本屋で働いてるって話したんだ……その時、新しく彼女ができたって言っちまった」

「誰に言ったんだよ」

「高坂だ」

枝豆を取ろうとして、俺は手を止めた。高坂晶穂。澤本以外で唯一、三年間同じクラスだった人間だ。

「あいつと連絡取り合ってるのか？」

「たまに電話とメールするぐらいだけどな」

頭の中で質問が渦を巻いた。口を開きかけた時、追加のビールとアジフライがテーブルに届く。澤本はなにか思い出したようにぱんと手を叩いた。

「そうそう、昨日もメールが来てたんだ。親戚が亡くなったとかで、今あいつ実家に戻ってきてるんだよ」

澤本はアジフライにかぶりつき、ジョッキを傾ける。

「今日、お前と飲むって教えたら、ちょっと顔出すかもしれないって」

「え……」

俺は箸を落としそうになった。顔にも動揺が出ていたと思う。

「まずかったか？」

「そうじゃねえけど……」

突然すぎて心の準備ができない。最後に会ってから三年――いや、四年か。十年ぐらい経っているような気がする。

まあ、本当に来ると決まったわけでもない。親戚の葬儀なら忙しいだろう。自分にそう言い聞かせていると、

「そうじゃないけど、の続きは？」

ぎょっと振り向くと、細身の女が立っていた。紺色のワンピースにベージュのコートは、確かに冠婚葬祭に相応しい。肩までの髪に柔らかくウェーブをかけて、うっすら化粧もしている。

「大輔くん、久しぶり」

高坂晶穂は白い歯を見せた。笑い方は昔と変わらない。

2

澤本と親しくなったのは出席番号が近く、教室で最初の席順も近かったせいだ。

高坂晶穂の席も同じように近かったはずだが、いつから話すようになったのかはっきり思い出せない。気がつくと澤本と俺の話に笑顔で相づちを打っていた。

奥目がちで唇が薄く、決して人目を惹(ひ)く容姿ではないが、よく通るきれいな声の持ち主だった。柔らかい受け答えには強い芯があり、時々どきりとするような言葉を口にすることがあった。他の女子生徒より大人びていたと思う。

剣道部の練習で忙しかった澤本と違って、俺と晶穂はどの部活にも所属していなかった。大船駅前のファミレスでアルバイトをしていた彼女と、二人で下校することもたびたびあったが、親密になったのは二年生の夏休みに入ってからだ。図書館に集まって、一緒に課題を仕上げたのがきっかけだった。

澤本が女子剣道部の後輩と付き合いだし、二人だけでの行動が増えていたことも影響していたかもしれない。これといって共通の趣味もなく、どちらも口数は少なかったが、学校での出来事をぽつぽつと話し合うだけで楽しかった。

秋が深まる頃には、俺たちが一緒にいる時に、割って入る者はほとんどいなくなっていた。

自分たちの恋愛感情を自覚するよりも、あの二人は付き合っていると噂を立てられる方が早かったと思う。俺たちの耳にまで噂が入ったのは冬になってからだったが、うろたえる俺と違って、晶穂は落ち着き払っていた。

内心はどうだったかは分からない。とにかく、二人で下校している時に「受験が終わってから、ちゃんと付き合おうよ」と彼女が言い出し、俺は「ああ」とか「おお」とか答えた気がする。

卒業までは受験を控えたカップルらしく、おおむね行儀よく過ごしていた。時々、予備校に行くまでの道を遠回りして、人気のない工場の裏で手を繋ぐぐらいだ。晶穂の手は思っていたよりもずっと小さく、ずっと温かかった。

次の年の春、俺は無名私大の経済学部にどうにか合格し、晶穂は公立の文学部を含む何校かの合格通知を得た。

しかし、彼女が進学したのは私大の芸術学部の写真学科で、俺を含む周囲を驚かせた。どうしても将来は写真の仕事に就きたいのだという。

時々デートにも大きな一眼レフカメラを持って来ていたし、アルバイトで交換レンズを買っていることにも気付いていたが、てっきりただの趣味だと思いこんでいた。

最初に違和感を覚えたのはこの時だったと思う。

どうして晶穂は俺にその話をしなかったんだろう。ひょっとすると、俺は彼女のことを全然知らないんじゃないだろうか。

それでも受験から解放された喜びで、違和感はすぐ頭から消え去ってしまった。

高坂晶穂は自分のこと、特に家庭環境について語りたがらなかった。両親は別れていて、父の実家で暮らしている。同居している親戚とはうまく行っていない――断片的に聞いたことといえばそれぐらいだ。

そのせいかは分からないが、彼女の門限は嫌がらせのように厳しく決められていた。東京の大学に通い始めてからも、どんなことがあろうと夜八時までに鎌倉に戻らなければならなかった。キャンパスは東京の練馬にあり、自宅との往復に三時間以上かかる。平日の自由時間はないに等しかった。

不満げながらも、晶穂は門限に従っていた。それでも、ゴールデンウィークに俺と横浜の元町でデートした日、一度だけ破ってしまったことがある。高台にある古い教会を見に行き、帰り道に迷ってしまったのだ。慌てて根岸線に飛び乗ったが、鎌倉駅に着いた時にはすでに時刻は午後八時半を回っていた。

駅までいいという彼女の言葉を無視して自宅まで送り届けると、そこは御成町の住宅街でもひときわ大きな邸宅だった。重厚な門構えや日本庭園にも目を瞠ったが、なにより驚いたのは家族の一人が彼女を待ち受けていたことだった。

ぴんと背筋を伸ばした小柄な老人が、飛び石の上で腕組みをしていた。白髪を短く刈りこみ、仕立ての良さそうな濃い色の和服に身を包んでいる。おそらく彼女の祖父であり、この家の主なのだろう。視線の冷たさに背筋が震えた。

「初めまして、五浦大輔といいます」

もちろん回れ右をするわけにはいかない。俺は深々と頭を下げる。

「俺のせいで道に迷いました……晶穂さんを連れ回してしまって、申し訳ありませんでした」

返事はない。おそるおそる顔を上げると、老人は俺の恋人に顎をしゃくって、無言で屋敷に戻っていく。彼女も小走りにその後を追い、俺だけが門の外に取り残された。

後から振り返ると、その晩が転機だった気がする。

梅雨（つゆ）に入る前に高坂晶穂は実家を出て、大学の近くで一人暮らしを始めた。彼女が実家の監視から解放されたことを、俺は単純に喜んでいた。二人きりで邪魔されずに時間を過ごせるという甘い期待があったことも否定できない。

しかし、引っ越した直後から、二人で過ごす時間はむしろ減っていった。十分な生活費を与えられていないらしく、彼女はいくつものアルバイトを同時にこなさなければならなかった。大学の柔道部に入部した俺も、段位の取得を目指して練習に打ちこみ始めていた。

行き来がしにくくなったことも影響し、デートの間隔は少しずつ広がっていった。たまに時間を作っても彼女は疲れきった様子で、笑顔を見せることも少なくなっていた。

疲れや不満を口にしてくれれば、まだ対処できたかもしれない。しかし、彼女は自分の弱さを他人に見せたがらなかった。付き合っている間、相談を受けた記憶はまったくない。

俺も晶穂のことを分かったつもりになりすぎていた気もする。子供だったと言えばそれまでだが、一度生まれた溝を埋める方法を知らなかった。

気まずい沈黙ばかりの夏が過ぎ、秋から冬に季節が変わる頃には、彼女からはメールすら来なくなっていた。俺から連絡を取らなければ、関係が終わることは確実だった。それでも構わないと思い始めている自分自身に愕然とした。

高校時代に付き合い始めたカップルが、別々の大学に入って疎遠になっていき、自然消滅で別れてしまう——どこにでも転がっている話だ。

しかし、俺はけじめを付けたかった。

最後に顔を合わせたのはクリスマスの直前、池袋駅のそばにある公園だった。裾の長いモッズコートを着た彼女は、一回り痩せてさらに疲れているようだった。どこを撮影していたのか、首にはいやに大きな一眼レフカメラを提げていた。

「お前とは高一からずっと友達だったし、このままなんとなく別れるのは嫌だ」

さんざん考えた末に、自分の気持ちを正直に語った。他にどうしようもなかったのだ。

「俺と付き合っていけないなら、ちゃんとそう言ってくれ」

今にも雪が降りそうな寒い日で、日の落ちた公園には他に人の姿はない。どちらの唇からも白い息が洩れていた。

「……そうだね」

長い間を置いて、彼女は低くつぶやいた。出会った頃と同じように、きれいな声だった。

「友達に戻った方がよさそう、わたしたち」

それが別れの言葉だった。

友達に戻ると言ったが、結局俺たちは連絡を取り合わなかった。どちらも最後まで一度も好きだと口にしなかったことに、ずっと後になってから気付いた。

「……わたし、あの頃は慣れない一人暮らしとバイトで本当に疲れきってたのよね」

高坂晶穂はしれっとした顔つきで言うと、レモンサワーのジョッキを傾けた。もう半分ぐらいは飲んでいる。

「もちろん、授業にもきちんと出てたし、色々勉強しなきゃいけないことはあったし……他人とちゃんと関係を作れなくなってたんだと思う。最初の一年は、大学でも一人でいることが多かったよ」

「ああ、分かる気がするな。環境が変わりすぎると、そういうもんだ」

澤本が大きな声で相づちを打った。

「だから、大輔くんには本当に悪いことしたってずっと思ってたの。もう一生、顔を合わせられないなあって……」

「合わせてるだろ、今」

二杯目のビールに口を付けながら、俺は人差し指を互いの顔の間で振る。まさか再会して十分も経たないうちに、こんなぶっちゃけ話が始まるとは思ってもみなかった。

「あ、それもそうだね。ごめんなさい」

「……謝んなくていいって」

あの時も怒っていたわけではない。どうにもならなかったことぐらい、俺にだって分かっていた。

ふと目が合うと、晶穂はにこにこ笑っている。前からこんなだったっけ、と内心首をかしげた。昔から落ち着き払ってはいたが、それを通りこして図太くなった気がする。

「高坂はもう就職してたよな。職場はどこだっけ」

潮時と見たのか、澤本が話題を変えた。あけすけにものを言うようで、意外に場の空気を読んでいる。

「三軒茶屋（さんげんぢゃや）の写真スタジオ。先輩のつてで入って、アシスタントをやってるの」

と、晶穂は答えた。

「ま、給料はすごく安いけど。自分の写真もちゃんと撮ってるよ。後でＵＲＬ教えるけど、ネットにもアップしてて……」

彼女は自分の作品についていきいきと語り始めた。最近は昭和の時代に建てられた古い団地を回って、住民たちのポートレイトを建物ごと撮っているという。プロの写真家になるために努力を続けているようだった。

昔に比べると口数が増え、人慣れしたように見える。厳しい職場で揉まれていることは想像がついた。近況を聞くうちに、恋人の話でも出るんじゃないかと耳を尖らせている自分に気付いてぞっとした。彼女が今誰と付き合っていようと、俺には関係がないはずだ。

「……大輔くんの今の彼女って、本当に北鎌倉の古本屋のお姉さんなの？」

俺が黙っていることに気付いたのか、晶穂が話題を振ってきた。

「それが、実はまだ付き合っていないらしいぞ」

答えたのはなぜか澤本だった。

「あれ？　澤本くん情報だから確定だと思ったんだけど」

「ただの店長とバイトの関係でもないようだ。微妙なところだと思う」

「そうなんだ。じゃあ、お店に行ったらもじもじお見合いしてるのかな」

二人はにやにやしながら聞こえよがしに噂話を始める。

「人の話で勝手に盛り上がんなよ、お前ら」

と、俺は口を挟んだ。

「……こっちは色々あったんだからな」

「だったら話せばいいじゃないか。いくらでも聞くぞ」

「そうだね、いつでも相談に乗るよ」

澤本たちはさらに勢いづいた。あくまで俺の話を肴（さかな）に盛り上がるつもりらしい。アルコールが回り始めたせいか、だいぶくだけた雰囲気になってきている。なんとなく、高校の休み時間に教室で話している気分だった。

晶穂の余裕ありげな横顔を眺めているうちに、こっちからも色々訊いてやりたくなってきた。

「晶穂は大丈夫なのかよ、俺たちと飲んでて……葬式だったんだろ」

「今日が初七日なんだけど、わたしはまあ……ずっといなくてもいいみたいだから、食事会の途中で抜けてきちゃった」

初七日の食事会に「ずっといなくてもいい」はずはないだろう。昔と同じように、親戚とはうまく行っていないのかもしれない。

「そういえばまだ聞いてなかったな。どなたが亡くなったんだ？」

と、澤本が尋ねた。すでに三杯目のビールを飲み干していた。

「わたしのお父さん」

晶穂はさらりと答える。テーブルの空気が一気に凍りついた。あの「実家」に父親がいたことすら初耳だった。俺と澤本は慌てて箸を置き、ぼそぼそと悔やみを述べようとすると、彼女は困ったように首と手を同時に振った。

「ああ、いいのいいの。ごめんね、気を遣わせて。だいぶ前から危ないって分かってたし、わたしもここ何年かほとんど顔合わせてないから」

と、ますます重たい家庭の事情を口にする。

遠い昔、門限を破った彼女を送り届けた晩のことを思い出す。門の奥に立っていたのは祖父らしい老人だけだった。

あの時、父親は家の中にいたんだろうか――なかなか帰ってこない娘を、外で待つつもりはなかったんだろうか。

「……今日はね、わたし大輔くんに話があって来たの」

突然、晶穂は改まって俺に向き直った。

「え……」

心臓の鼓動が速くなる。こいつはなにを言い出すんだろう。

「直接連絡しようと思ったんだけど、携帯の番号もメアドも前のと違ってるみたいで」

「……ああ」

就活の前に一度キャリアごと機種を変えている。俺も晶穂の携帯の番号やメールアドレスは分からなくなっていた。踏ん切りをつけるつもりで消去してしまったのだ。

「話ってなんだ？」

身構えずにはいられなかった。四年も前に別れた彼氏に連絡を取らなければならない用事など普通はない。宗教やマルチ商法の勧誘なら話は別だが。

ひょっとして、本当に万が一だが、「もう一度やり直したい」などと言われたらどうしたらいいだろう。もちろん、俺には篠川さんがいる――いや、いるのか？　今のところ、付き合っているわけでもなんでもない。澤本の言った通り「微妙」な関係だった。

「……仕事の話」

と、晶穂は言った。

「は？　仕事？」

「そう、古本屋の。本の買い取りのことで」

肩から力が抜けていく。あれこれ妄想を膨らませていた自分が恥ずかしくなった。自意識過剰もいいところだ。

「父が遺した古書を、買い取って欲しいの……ビブリア古書堂に」

3

俺と篠川さんを乗せたライトバンは、御成町にある小学校の校門前を通りすぎた。時代劇にでも出てきそうな、両開きの大きな門がそびえている。遠い昔、ここに皇室の御用邸があった名残だという。

晶穂の実家は小学校のすぐ近くにある。鈍色の屋根瓦が映える和風の邸宅だ。昔、彼女を送り届けた時となにも変わらなかった。

敷地の隅にある駐車スペースに車を停めると、俺たちは門をくぐって玄関へ向かった。杖を突いている篠川さんの足取りが、さっきから少し覚束ない。飛び石を歩くのが大変そうだった。

「大丈夫ですか？」

「は、はい……」

俺は彼女の横をゆっくり歩く。転びそうになったら支えるつもりだった。

鹿威しと石灯籠の置かれた庭を目にするのは久しぶりだ。昔、来た時も思ったが、高坂家はよほどの資産家らしい。池の中を覗きこむと、ご丁寧に真っ赤な錦鯉まで泳いでいた。

「……どうして、うちの店だったんでしょうか」

篠川さんが足下を見ながらつぶやいた。

「え？」

「このお宅の近所にも、何軒か古書店はあります……どうして、わざわざうちに買い取りを依頼されたんでしょうか」

「亡くなった人の遺言だったみたいですよ。うちの店で本を買ってたんじゃないですか」

晶穂の父は県内でレストランチェーンを経営していたが、ここ数年は病気で自宅療養していたらしい。こだわりの強い人物だったようで、蔵書の処分については細かな指示を残していたという。

葬儀が終わって落ち着き次第すぐに、査定は屋敷の中で行わせ、代金もその場で支払わせる、値段のつかない商品は置いていかせる、等々。蔵書が適当に処分されてしまうことを嫌がっていたのだろう。

肝心の蔵書の内容については、はっきりと聞いていない。古い時代小説の類が大量にあるとだけ晶穂は言っていた。彼女にもそれ以上のことは分からない様子だった。親族の中に本に詳しい人間もいないという。

「わたしは存じ上げない方ですね……父が店をやっていた頃の、お客さんかもしれませんけど……」

俺たちは玄関の庇の下で足を止めた。建物からは人の気配があまりしない――いや、かすかにピアノの音色が聞こえてくる。

（……晶穂が弾いてるのか）

ピアノを習っていたとは聞いていないが、俺の知らない一面があっても今さら不思議ではない。ゆったりとしたテンポの、美しい曲だった。

篠川さんが引き戸の前に立ち、古い形のブザーを押す。とたんにピアノの演奏が止み、ぱたぱたと足音が近づいてきた。曇りガラスの向こうに人影が現れ、引き戸が開く。立っていたのは晶穂——ではなかった。

（あれ？）

薄茶の無地の和服に灰色の帯を締めた、白髪交じりの中年女性が俺たちを冷ややかに見つめている。鼻と頬骨が尖っていて、目つきがやけに鋭い。

「……どちら様？」

迫力のある低音で尋ねてくる。この人がピアノを弾けるとは意外だ。別に顔で演奏するわけではないのだが。

一歩進み出た篠川さんが深々と頭を下げる。相当あがっているらしく、うなじまで赤く染まっていた。

「ま、毎度ありがとうございます。ビブリア古書堂の者ですが……ご本の買い取りに参りました……」

はきはきしているとは言いがたいが、一応型通りの挨拶だった。

「ああ、晶穂が呼んだ方」

晶穂、と言った時だけ、吐き捨てるような調子になった。どういう間柄かは知らないが、いい感情を持っていないらしい。

「こちらへどうぞ」

彼女は床の上に戻って俺たちを促した。篠川さんは杖を突きながらゆっくり靴を脱いで、爪先の向きを変えて三和土（たたき）の端に寄せた。

「……足がお悪くて大変ね」

素っ気ない声をかけてくる。むしろ早くしろと急かしているように聞こえた。篠川さんと俺が床に上がると、和服の女性は先に立って廊下を歩き始めた。

「本は奥の書庫です」

前を向いたままで彼女は言った。

「あ、あの……故人様に、お焼香させていただいても……構わないでしょうか」

篠川さんが声をかけると、和服の女性がくるりと振り返って、肩越しに俺たちを一瞥（いちべつ）した。なにを考えているのか、表情からはまったく窺えなかった。

「……それはご丁寧に。では、こちらへ」

すぐそばの襖を開けて、彼女は中へ入っていく。そこは日当たりのいい和室だった。掃き出し窓は庭に面していて、鯉のいる池や門へ続く飛び石も一望できた。

床の間にぎょっとするほど大きな祭壇がある。四十九日まで遺骨を安置するための後飾り壇らしい。両側に飾られた花のせいで、遺骨や遺影が埋もれそうになっている。俺の家でも祖母が他界した時に後飾り壇を設えたが、ここまで立派なものではなかった。財力の違いはこういうところにも出るらしい。

祭壇の前に座った俺たちは、順番に焼香を済ませた。店主の篠川さんが先、その後が俺だ。経机の前で頭を下げてから、軽く遺影を見上げる。晶穂の父親の顔を目にするのはこれが初めてだった。

「えっ」

つい声を上げてしまった。遺影の中にいるのは和服を着た白髪の男性だ。尖った頬骨は和服の女性に、奥目がちなところは晶穂に似ている。

記憶よりも柔和な顔立ちだが、晶穂を送り届けた時、庭で待っていたあの老人だった。

「……五浦さん」

篠川さんに小声で注意されて、俺は我に返った。慌てて焼香を済ませ、腰を浮かせて後ずさる。あの時の老人が父親だったとは。俺と会った時でも六十代――いや、七十代に達していたかもしれない。

「父がどうかなさいまして」

脇に控えていた女性の声が耳に刺さった。俺の喉がひとりでに上下する。

「い、いえ……失礼しました」

俺たちは和室に出て、再び書庫へ向かう。篠川さんの杖の音がこつこつと廊下に響く。二人の後について歩きながら、晶穂の家庭事情に思いを巡らせていた。

さっき和服の女性もあの老人を父と呼んだ。親子ほど年は離れているが、晶穂とは姉妹ということになる。

当然、母親は違う。異母姉妹だ。

なぜ晶穂が親戚とうまく行っていないのか、親族の集まりを途中で抜けられるのか、おぼろげながら理解できた気がした。両親は別れたという話だが、離婚したとも、それ以前に結婚したとも晶穂は言っていなかった。ひょっとすると――。

「そういえば、一つ気を付けていただきたいことが」

廊下の突き当たりにあるドアの前で、和服の女性が振り返った。その先が書庫のようだった。

「生前、父が電話で知人と話しているのを、耳にしたことがあります。ここの蔵書の中に、何十万円もの売り値がつく本が一冊あるそうですよ。どの本かは存じませんが、見つかったらきちんと値段をつけて下さいね」

鋭い目つきで俺たちを見つめる。安く買い叩いたら承知しない、というところだろう。嫌な釘の刺し方だった。というか、父親の電話を勝手に聞いていたんだろうか。

「か、かしこまりました……気を付けて、拝見いたします」

篠川さんはいつも以上に細い声で言い、深く頭を下げる。相変わらず嚙んではいるが、今日は妙に受け答えがきちんとしている。

「お願いしますね」

もう一度念を押して、晶穂の姉はドアを開ける。そこは板張りの広い洋室だった。中は薄暗く、あまり日当たりはよくない。本を日焼けから守るために、北向きの部屋を書庫にする人は多いという。

壁の三面は作り付けの書架になっている。床の上にも積み上げられた段ボール箱から、晶穂が本を出しているところだった。動きやすいように髪を縛り、無地のセーターとジーンズを着ていた。この前のワンピースよりも似合っている。

「あ、大輔くん……もう来たんだ」

彼女はぱっと立ち上がり、篠川さんと向かい合う。俺がいたたまれない気分なのはどうしてだろう。

先に口を開いたのは篠川さんの方だった。

「こ、このたびは、ご用命いただきまして……ありがとうございます。わたくし……」

「篠川栞子さん、でしょう」

晶穂は確かめるように言った。

「は、はい……」

「わたし、高坂晶穂です。大輔くんの元クラスメイトで……」

言葉を切って相手を凝視する。見つめられた篠川さんは、ますます困ったようにうつむいてしまった。晶穂は意味ありげに俺に笑いかける。

「かわいい人だね。よかったじゃない、大輔くん」

どうしてそこで俺に振る。反応のしようがないだろうが。

「部屋が埃っぽいわね。窓ぐらい開けなさい、晶穂」

顔をしかめつつ、和服の女性が口を挟む。床の上にはすでに大量の古書が並べられている。段ボール箱から出したものだろう。長らく仕舞ってあれば埃は積もる。

「窓ぐらい自分で開ければいいのに」

晶穂は姉の方を見もせずに、笑顔のままで言った。

「文句ばっかりで、自分はなにもしないんだから」

部屋の温度が急に下がった気がした。俺はさっきのピアノのことを思い出す。この女性は晶穂がここで埃をかぶっている間、のんびりピアノを弾いていたのだ。

「厚かましいこと。本の処分をお父様に言いつけられたのはあなたでしょう。こちらのお店をお父様に教えたのも、あなたじゃありませんか」

激した様子もなく、上品な口調で淡々と和服の女性は言い返した。落ち着きぶりにかえって威圧感がある。

「人の話をすぐに立ち聞きするんですね。そういうところ、悪い癖ですよ」

晶穂の方も笑顔を絶やさない。迫力では彼女も負けてはいなかった。

「わたしは耳がいいんです。それに、あなたとお父様は声がよく通るし、顔を合わせると言い合いばかり……」

そこで彼女は部外者がこの部屋にいることを思い出したらしい。俺たちを軽く一瞥し、仏頂面のままで言った。

「ごめんなさいね、お見苦しいところを……お気になさらないで」

それは無理だと思う。

「……とにかく、後はあなたに任せますよ。本を売った代金は、きちんとわたしのところに持ってらっしゃい。くれぐれも誤魔化したりしないように」

「分かりました。光代（みつよ）姉さん」

ドアを出る前に「光代姉さん」は振り返り、威嚇するように白い歯を剝き出した。晶穂の方は歯を見せて笑っている。どういうわけか、似たような表情に思えた。

胃の痛くなるようなやりとりが終わって、俺たち三人が書庫に残った。晶穂は篠川さんに向かって頭を下げる。

「本当に見苦しかったですね。すみませんでした」

「いいえ、そんな……」

そう言っていたが、驚きは隠せない様子だった。本の買い取りに来て、親族同士の生々しい口論を見るとは思わないだろう。俺もここまで険悪だとは思わなかった。

「いつも、あんな調子なのか？　……お姉さんとは」

「昔からね。ほら……あの、わたしって、愛人の子供でしょう」

沈黙が流れる。屋敷のどこかから、再びピアノの音色が聞こえてきた。「光代姉さん」がまた演奏を始めたのだろう。

「……初耳だよ」

「え、そうだった？」

確信が持てたのはついさっきだ。今はけろりとしているように見えるが、昔はそうではなかったはずだ。付き合っていた俺にすら、その話をしなかったのだから。

「でも、あの人はまだ親戚の中ではましな方。陰口を叩かないで全部はっきり言ってくれるし……お金の話とかも」

俺ははっとした。あの老人が亡くなった以上、遺産の相続があるはずだ。親戚とうまくいっていないなら、金の問題で揉めないはずがない。

代金を誤魔化さないように、と晶穂の姉が念を押したのは、ここにある蔵書が遺産の一部だからかもしれない。

「それじゃ、本の査定をお願いしてもいいですか？」

「は、はい」

晶穂が篠川さんに言った。

「なにか必要なものはありますか？　もしあれば、持ってきますすけど」

「い、いいえ……特には……」

ショルダーバッグの中を覗きこんだ彼女の動きだ止まった。なこか見当たらないものがあるようだ。ごそごそバッグの中を探ってから、沈んだ表情で口を開いた。

「申し訳ありません……あの、もしよろしければ、メモ用紙かなにかを……入れ忘れてしまったようで……」

そんなに落ちこむことだろうか。晶穂は笑顔でうなずいた。

「分かりました。探して持ってきますね」

軽い足取りで廊下へ向かう。通りすぎざまにちらりと俺に視線を送る。

「仕事頑張ってね、大輔くん」

音を立ててドアが閉まる。俺の名を呼んだ晶穂の声が、まだ書庫に残っているような気がした。

「大輔くん……」

「えっ？　な、なんですか？」

「……って、呼ばれてるんですね。五浦さん」

篠川さんはしみじみと言った。一瞬、本当に名前を呼ばれたのかと思ってしまった。

「ええ……あいつには」

学校でそう俺を呼んでいたのは晶穂だけだ。それも、付き合い始めてからのことだった。

「そうですか……同じクラスの方、でしたね？　高校の」

念を押すように尋ねてくる。眼鏡の奥の瞳が、物言いたげに俺を見上げていた。バレてるな、と思った。まあ、見れば分かるだろう。話すのに抵抗はあるが、別に隠しているわけではない。

「……実は、あいつと付き合ってたんです。大学一年まで」

そう答えた途端、彼女の大きな瞳がさらに見開かれた。いつもより血色のいい頬がさらに赤く染まった。

「ええっ？　そっ、そうだったんですか？」

声が裏返っていた。どう見ても本気で驚いている。まったく気付いていなかったようだ。本のことになると聡い人だが、こういう話には疎いらしい。

「す、すみません……立ち入ったことを……」

「いや、俺が勝手に話したんで……」

先走って打ち明けてしまったことを少し後悔していた——それにしても、さっきの質問はなんだったんだろう。

「気になることでもあったんですか？」

「いえ、わたし、女子校だったので……共学に通っている人たちは、異性でも名前で呼び合ったりするのかなあって……そんなはず、ないですよね」

　彼女は恥ずかしそうに首をすくめた。

「男の人を名前で呼んだりするのって、なんだかいいなあって……わたし、今までそういう機会がほとんどなくて……」

　ほとんど、という表現が少し引っかかった。「まったく」なかったわけではないらしい。

「篠川さんは、付き合ってる人いないんですか」

　なんとなく訊ける雰囲気だと思った。できればもっとさりげなく質問したかったのだが。

「……わたし、ですか？」

　人差し指を自分に向けている。質問の意味が分かりかねる、というしぐさだった。俺が黙ってうなずくと、長い黒髪が渦を巻くほど激しく首を横に振った。

「ま、まさか、わたしにそんな……そんなバカな……」

　バカまで言わなくてもいいんじゃないだろうか。とにかく、恋人がいないのは間違いないらしい。少しほっとした。どういうタイプが好みかとか、気になっている人はいないかとか、ついでに訊いてみたい気もしたが、

「くしゃん」

彼女の妙なくしゃみでタイミングを逃してしまった。そういえば、結局晶穂は窓を開けていかなかった。書庫の中には小さな白い埃が大量に舞っている。

「換気しますか」

「あ、大丈夫ですよ」

彼女は軽く手を振って言った。

「そろそろ、始めましょうか」

4

俺は指示された通り、段ボール箱から本を全部出して床に積み上げた。そして、査定しやすいように、背表紙の向きを整える。

書庫に収められた本を軽く見回した。目を引くのは藤沢周平（ふじさわしゅうへい）や司馬遼太郎（しばりょうたろう）、池波正太郎（いけなみしょうたろう）といった作家たちの、時代小説や歴史小説らしい著書の数々だ。それに経済や会社経営に関するビジネス関連の書籍。それ以外の本は皆無に近いようだった。

篠川さんは書架の前に立ち、背表紙を上から下まで確認している。それから次々に本を抜いていき、いくつかの山に分けて積み上げていった。足を庇いながらだが、作業は手慣れている。

「どういう風に分けてるんですか？」

そう尋ねると、彼女は手を休めずに言った。

「一冊ずつ値段をつける必要のある本と、束にしてまとめて値段をつける本と、まったく値段のつかない本です……わたしは大量の本を査定する時にまずそうしています。他にもやり方はあると思いますけど……あら」

ふと、彼女は一冊の本を抜き出して、俺の方に向けた。黄色い函に『豚と薔薇（ばら）』という書名が印刷されている。著者は司馬遼太郎。

「これ、珍しいですね」

司馬遼太郎の名前は知っている。ドラマ化された『坂の上の雲』をいつだったかテレビで見た。『豚と薔薇』は初めて聞く書名だった。

「どういう内容なんですか」

「推理小説です」

「推理小説？　歴史ものじゃなくて？」

「ちょうど社会派ミステリがブームだった時代で、出版社の要請で書いたようです。

主人公の女性が付き合っていた男性の変死を知り、知人の新聞記者とともにその謎を追うというストーリーなんですが……ここ、見て下さい」

篠川さんは函から本を出し、後ろの方のページを開いた。彼女の指差すところをおそるおそる覗きこむと、作者のあとがきのようだった。

……べつに動機はない。推理小説がはやっているからお前も書け、ということで、誌面を与えられたのである。

私は、推理小説にほとんど興味をもっておらず、才能もなく、知識もない。書けといわれて、ようやく書いた。むろん、推理小説というものはこれ一作で、生涯書くまいとおもっている。

「……すごいこと書いてありますね」

短い文章の中で、二回も出版社に「書けと言われた」と述べている。よほど気が進まなかったのだろう。

「続きはもっとすごいですよ」

篠川さんは内緒話のように囁いた。

　私は、探偵小説に登場してくる探偵役を、決して好きではない。他人の秘事を、なぜあれほどの執拗さであばきたてねばならないのか、その情熱の根源がわからない。それらの探偵たちの変質的な詮索癖こそ、小説のテーマであり、もしくは、精神病学の研究対象ではないかとさえおもっている。


　俺は目を丸くした。あとがきで作者本人に、ジャンルごと全否定される小説なんて聞いたことがない。この本を買った人たちはどう思ったんだろうか。

「面白いんですか、この小説」

「そうですね……作品のトーンはかなり暗いですけど、まったくの駄作というわけでは……登場人物の描写はさすがだと思います」

　彼女は静かに『豚と薔薇』を閉じた。

「この小説は司馬遼太郎の全集からも除外されています。全集に掲載されなかった作品は他にもいくつかあって、収録された本はどれもコレクターズアイテムになっていますね」

「それじゃ、何十万もする本ってこれのことだったんですか？」

「いいえ……これは美本ではありませんし、帯もありませんから、せいぜい……」

不意に一枚の紙が函から滑り落ちた。反射的にキャッチしてひっくり返すと、それは納品書だった。古書店らしい店名と住所の入った印判が押されている。住所は東京だ。本の価格は四万円也。十分に高価だが、何十万円にはならないようだ。

「きっと、通販でお買いになったんでしょうね」

篠川さんは『豚と薔薇』を函に戻して、山の一つに加えた。それが「一冊ずつ値段をつける必要がある」本の山なのだろう。

「この部屋にあるのって、高値のつく本が多いんですか？」

と、俺は尋ねる。

「そうですね、多いと言えるかどうか……本の買い方や保存の仕方に、かなり独特なルールをお持ちだったようです」

彼女は山の一つを指差した。ビジネスマナーや英語学習法についての古い新書本や、経済雑誌のバックナンバーが積み上げられている。

「こちらは値段をつけられない本ですが、こういった本を保存される方はあまりいらっしゃいません。かといって、繰り返し読まれていたわけでもなさそうです……おそらく、本を捨てることに抵抗をお持ちだったんでしょう。ものを大切にされる性格の方だったのかも……」

「持ってる本から、性格まで分かるもんなんですか？」

「……性格が反映されることはあると思います。趣味はもちろん、職業や年齢も……蔵書を見るだけで、そういうことを言い当てられる人もいますから」

他人事のように語っているということは、篠川さんにはできないのだろう。本に関してそこまで洞察力のある人間が、どこかにいるということだ。

「ここ、見て下さい」

彼女はまだ手つかずの棚を指差した。古い単行本がずらりと並んでいる。有吉佐和子『華岡清州の妻』『ほむら』、井上靖『敦煌』『天平の甍』『流転』――。

「有吉佐和子や井上靖は現代を舞台にした小説も多く書いていますが、この中には一冊もありません。時代物と歴史物以外の小説には、あまり関心を持っていらっしゃらなかったみたいです」

「でも、さっきの『豚と薔薇』は……」

「あ、あれは例外ですね。きっとなにか別のこだわりがあって、お買いになったんでしょうけど」

そう言いつつ、一番端にあった『流転』を棚から出した。もともと紙質がよくないようだが、かなり状態も悪い。一度濡れてしまったらしく、天地も小口もうねうねと波打っていた。

裏表紙の見返しには値札が挟まっている。なんと価格は五万円だ。『豚と薔薇』の納品書と同じ店の名前が入っていた。

「この並びの中では一番珍しい本です……でも、これもあまり高値はついていませんね。状態がよければ、もっと高いはずですが」

俺は無造作に置かれた『豚と薔薇』を見下ろした。これも美本ではないので安いという話だった。

「本の状態とか、気にしない人だったんですかね」

「あるいは、古書にかける金額の上限を決めていらっしゃったか……とにかく、一定以上の値がつく本はないようです」

そうすると「何十万円」もする本は存在しないことになる。晶穂の姉が立ち聞きしただけだから、もともとあてにならなかったが。

「……やっぱり、変です」

五万円の『流転』を開いたまま、篠川さんはぼそりとつぶやいた。

「なにがですか？」

「この方は東京の古書店から、よく本を買っていらっしゃったようです。どうして、蔵書の買い取りをそちらに依頼されなかったんでしょうか……きちんと処分されたいなら、面識があって信頼できる店を選ぶのが普通です。わざわざうちを指定する理由が、どうしても分かりません」

「晶穂がうちの店を教えたからじゃないんですか」

それも多少引っかかる話ではある。どうして晶穂はビブリア古書堂の話を父親にしたのだろう。あいつがうちの店に来たことはないはずだが。

「それはただのきっかけだと思います。古書に関して自分のルールを持っている人が、面識のない店に大切な蔵書を売るのは不自然です」

あの老人の風貌を思い出す。確かに娘から話を聞いたぐらいで、大事なことを決めてしまう人間には見えなかった。

「この買い取りの依頼には、なにか深いわけが……」

その時、ドアが開いた。

「ごめんなさい、お待たせしちゃって」

姿を現したのは晶穂だった。

「探したんですけど、ちゃんとしたメモ用紙がなくて……これでもいいですか？」

　そう言って差し出したのは、新聞の折り込みチラシを切って作った紙の束だった。俺の祖母も同じことをやっていたが、広い屋敷に住んでいる人たちまで、こういうちまちました節約術を実行しているとは驚きだ。

（ものを大切にされる性格の方だったのかも）

　篠川さんの言葉が脳裏をよぎる。ひょっとすると——。

「これ、お父さんの部屋から持ってきたのか？」

「え？　うん、父の習慣だったみたい。ものを粗末にするのが嫌いな人で……どうして分かったの？」

「いや……なんとなく」

　蔵書から持ち主の性格が分かることもある、というのは本当らしい。

「ありがとうございます。助かりました」

　篠川さんははにかみながら、手製のメモ用紙を受け取る。

「あの、よかったら上着預かりましょうか。ここの床って埃っぽいし……大輔くんも」

　言われてみるとまだ篠川さんはブルゾンを着たままだ。俺はとっくにジャケットを床に投げ出している。別に高価なものではないので、多少埃がついても後で払えばいいだけだが。

「俺はいいけど……」

「わたしも大丈夫です……あの、ちょっとお訊きしてもよろしいですか」

篠川さんの口調はさっきよりもなめらかだ。どうやらスイッチが入ったようだった。

「当店を指定されたのは、お父様なんですよね？」

「ええ、そうですよ」

特に不審がる様子もなく、晶穂は答えた。

「本の処分について書かれた、わたし宛のメモが残ってて。正直、ちょっと驚いたんです。先月ビブリア古書堂の話をした時には、入ったことがない店だって言ってましたから」

「どういう流れでうちの店の話になったんだよ」

俺が口を挟むと、晶穂はちょっと困ったように目尻を指でかいた。

「あー、それは……」

ちらちら俺の顔を見ている。一体なんだろう。彼女は篠川さんに向かって話を続けた。

「一ヶ月ぐらい前、久しぶりにこの家に帰ったんです。っていっても、わたしこの家に長居しないので、こっちに来たついでに寄っただけですけどね……それで父と応接間でちょっと世間話をしていたら、急に『昔、お前を送ってきたあのでかい奴は、今どないしてるんや』って」

「えっ。お父様は関西の方だったんですか？」

篠川さんは目を丸くしている。そこはどうでもいいんじゃないだろうか。晶穂も戸惑い気味にうなずいた。

「ええ。大阪の生まれで……若い頃にこっちに来たそうですけど」

「なんで俺の話が出てきたんだ？」

分からないのはそこだ。四年も前に顔を見ただけの俺を、まさか憶えていたとは。

「わたしもよく分からないわよ。娘に結婚相手がいるかどうか気になったんじゃないかな。ずっと前に別れたって言ったら渋い顔してたから」

涼しい顔で俺たちの過去をさらっと明かしてしまう。もう篠川さんは知っているからいいようなものの――いや、下手に隠されるよりはその方がいいか。

「だから、わたしも知っていることを話したの。今、大輔くんは北鎌倉の古本屋の店長さんと付き合ってて、入院中の彼女に代わって一人で店を切り盛りしてて……」

「ちょっと待て。どう話がねじれるとそうなるんだ？」

慌てて遮った。篠川さんが呆然としてしまっている。別に付き合っていないし、店

いつもなんです。父はわたしに仕事で苦労して欲しくなかったらしくて……ちゃん

「言い合い、ですか？」

「これといって……一人で店を経営するのは大変だろうな、みたいなことは言ってましたけど。それにかこつけて説教を始めたから、わたしと言い合いになったんです」

晶穂はしばし黙りこんでから、首を横に振る。

「うちの店について、なにかおっしゃっていましたか？」

それから話題を戻した。まだ気になることがあるらしい。

「……それで、お父様の話ですけど」

俺に頭を下げてくる。別に謝らなくてもいいと思うが。

「い、いえ……こちらこそ、すみません」

謝罪は篠川さんに向けたものだった。ようやく彼女は我に返ったらしい。

「本当にすいませんでした」

俺は舌打ちした。噂を総合する前に俺に訊けばいいだろうが。

「あのバカ……」

「わたしは澤本くんからそう聞いたの。色々噂を総合するとそうなるって」

番をやっていただけだ。第一、先月ならもうこの人は退院している。

とした相手と結婚して、家庭に入れっていうのが口癖でした」

　今時、古めかしい——いや、もともとそういう考え方が当たり前の年代の人だ。

「……自分のことは棚に上げてって思うんですけど。最後にはわたしが仕事は絶対やめないし、好きなことをするからって宣言して帰るんです。この前もそうでした」

　薄い唇に苦笑が浮かんだ。彼女が急に一人暮らしを始めたのは、おそらく父親と衝突したせいだろう。絶縁に近い状態だったのかもしれない。

「若い頃、父も仕事で苦労したから、色々言いたくなるのは分かってたんですけど。自分の体験談になると、とにかく話が長くて」

「お父様は、ずっと外食産業で働いていらしたんですか？」

　と、篠川さん。そういえば、レストランチェーンを経営していたと聞いている。

「いいえ、こっちに出てくる前は、職を転々としていたみたいです。ゴム工場で長靴作ってたとか、資格の勉強しながら画廊の受付やってたとか、キャバレーでシャンソン歌手のピアノの伴奏やってたとか……」

　意外に多才な人物だったようだ。俺は篠川さんの横顔を窺う。なにか意図があっての質問なのだろう。ただ、浮かない表情をしているのが気になった。

「ありがとうございました。その……立ち入ったことをお聞きして、申し訳ありませんでした」

「全然。構わないですよ……父の思い出をわたしに訊いてくれる人って、いないんですよね」

ほんの一瞬だったが、晶穂の声が湿った。それを振り払うように、腰に手を当ててぐるりと書庫を見回す。

「お手伝いしなくても大丈夫ですか？　わたし、手は空いてますけど」

「大丈夫です……メモ用紙、ありがとうございました」

笑顔で部屋を出ていく晶穂を、俺は無言で見送った。昔、両親についてもっと尋ねていたら、彼女は打ち明けてくれたんだろうか。もし今も付き合っていたら、俺に父親の思い出を話していたんだろうか。

ふうっとため息が洩れた。ただし、俺の口からではなかった。

「どうかしましたか？」

珍しく厳しい表情で、篠川さんは考えこんでいた。

「……なにか、大切なことを、見落としている気がして」

と、顎のあたりに指を当てる。

「ここまで出かかっているんですけど……どうしても、分からないんです」

5

その「大切なこと」が出かかった状態でも、篠川さんは素早く仕事をこなした。部屋いっぱいの古書を一気に分類し、値段のつくものには数字の書かれた付箋を貼りつけていく。値段のつかなかったものは、空になっていた段ボール箱にまとめて入れた。

メモに書きこみながら代金を計算し終えるまで、一時間とかからなかったと思う。相当なスピードだと思ったが、当人は少し残念そうだった。

「……思ったより、手こずりました」

本来、宅買いは一度に何軒もの家を回ることも多いので、速度と正確さが同時に求められるのだという。

篠川さんは晶穂を呼び、買い取り金額の書かれたメモを提示した。状態が悪いとはいえ、珍しい本も何冊か含まれていたせいか、俺には相当な高額に思えた。もし、例の「何十万円」もする本があったら、こんなものでは済まなかっただろう。

「結構高いんですね。これで、お願いします」

持ち主の娘が即答し、商談が成立した。どの本にいくらの値がついたのかを、篠川さんがざっと説明する。達者ではないが、分かりやすく手慣れた説明だ。晶穂もうなずきながら最後まで聞いていた。

「値段のつかない本、どうしようかなあ」

代金を受け取りながら、晶穂は困り顔で言う。大きな段ボール箱が完全に埋まる量だった。「日本の好景気は二十一世紀まで続く」という帯がついた、ビジネスマン向けの古びた新書本が一番上に見える。今の時代にはまったく役に立ちそうもなかった。

「お父さんからはどういう指示が出てるんだ？」

「えーとね、確か『ビブリア古書堂が持っていかなかった本も、この家から全部運び出して処分するように』って……よく考えたら、わたしが持って帰るしかないよね。資源ごみは明日の朝じゃないと出せないし……まあ、いいか。車だから」

「今日泊まって、明日出せばいいんじゃないのか？」

「よっぽどのことがない限り、この家には泊まらないことにしてるの。光代姉さんより、顔合わせたくない人もいるし……それに、明日は仕事だもの」

「資源ごみの日に出してくれって、お姉さんに頼んだらダメなのか？」

「それも、ちょっとできないかな」

晶穂は首を横に振った。

「このうちではね、父からなにか命じられた人は、最後までその人が責任を持ってやることになってるの……そういうルールだから」

「……そうか」

結局、ルールだからそうするのではなく、晶穂自身がそうしたいのではないかと思った。これは父親から託された最後の用事なのだ。

「大きな新古書店に持っていって、本を見てもらうのはどうでしょうか」

と、篠川さんが言った。

「査定のやり方が違いますから、うちでは値段のつかない本も、お金になるかもしれません……それに、値段がつかない本でも、無料で引き取ってくれる場合があります」

沈黙が流れる。いつのまにかピアノの演奏は止んでいた。「光代姉さん」も弾き疲れたのかもしれない。それでも、この部屋に現れる気配はなかった。

「そうですね。持っていってみます」

俺と篠川さんは数十冊ずつ、単行本をビニール紐で一文字に括っていった。背表紙の向きはきちんと揃えてある。

働き始めてから分かったことだが、古書を運ぶ時は段ボール箱に入れるのではなく、紐で括ることが多い。箱に入れてしまうと、中身を確認するのにいちいち開かなければならないからだろう。括られているだけなら背表紙で書名が分かる。

十文字に括るのは大判の本だけで、普通の単行本の大きさならすべて一文字だった。一文字に縛るのはコツがいる。緩すぎるとすぐにほどけてしまうし、きつすぎると両端の本に紐の跡が残ってしまう。

「……そこの本は高価ですから、紐のあたるところに紙を当てて下さい」

篠川さんが指示を出した。作業を続けながら、まだ考えている様子だった。本にまつわる謎なら、たちどころに解いてしまう彼女にしては珍しい。

当て紙になるものを探すと、チラシで作られたメモの束が目に入った。何枚か拝借して慎重に本を括っていると、晶穂が書庫に戻ってきた。

モスグリーンのコートを羽織り、ニットの帽子をかぶっている。例の「光代姉さん」に代金を渡し、帰り支度も済ませてきたようだった。

「すいません、わたし先に出ますね」

「あっ、はい……」

腰かけていた木の踏み台から立ち上がり、篠川さんは頭を下げる。一応、俺も同じようにした。

「大切なご本をお売りいただきまして、誠にありがとうございました」

「いいえ、こちらこそ……それじゃ、値段のつかなかった本は持っていきます」

きびきびした口調で言い、大きな段ボール箱に手をかけた。これから新古書店に持っていくのだろう。

「どこの店に行くんだ？」

「手広の方に一軒あったでしょ、あそこに」

言われてみると、手広交差点のそばで、新古書店チェーンの看板を見た記憶がある。

「その箱、車まで運ぶか？」

「平気平気。力仕事は慣れてるから」

そう言って、本当に軽々と本の詰まった箱を持ち上げる。

「じゃあね、大輔くん。また澤本くんと飲む時は、わたしも混ぜてよ」

「……ああ」

突然、胸の奥がもどかしさでうずいた。なにかかけるべき言葉があった気がする。同時にそれがどんな言葉だとしても、晶穂の求めるものではないようにも思えた。

「気を付けろよ」

「ありがとう……店長さん、失礼します」

「あの、高坂さん」

篠川さんが呼び止める。ドアの外で晶穂は箱ごと振り返った。

「お父様の一番お好きな作家は、司馬遼太郎ですか？」

「ええ、そうですよ」

と、彼女は微笑んだ。

「商売繁盛のお守りみたいなもんや、とか言ってました……仕事で悩んだりすると、必ず読んでたって。やっぱり、そういうこともプロの人には分かるんですね」

そして、足音も軽く去っていった。俺は開けっ放しの書庫のドアを閉めて、「プロの人」の方を向いた。

「どうして分かったんですか？」

彼女は踏み台に再び腰を下ろすと、古書の山から二冊取り上げて俺の方に見せた。『豚と薔薇』ともう一冊は『街道をゆく』。どちらも著者は司馬遼太郎だった。

「司馬遼太郎の著書だけは、現代物やエッセイも集めていらっしゃいました。だから、特別な作家だったのかな、と思って……」

その二冊を山に戻して、再び本を括り始めた。今の質問も「どうしてうちの店に買い取りの依頼が来たのか」という謎に関係しているのだろうか。

俺も仕事を再開しようとしゃがみこんだ時、

「……同郷のせいも、あったかもしれません」

突然、篠川さんはつぶやいた。

「え？　なにがですか」

「高坂さんのお父様と、司馬遼太郎です。そういう理由で作家に親近感を持つことって、珍しいことではありませんから」

まだ話が続いていたのか。俺は紐を持つ手を止めた。

「司馬遼太郎は、大阪出身だったんですか？」

「ええ。デビューした時は産経新聞の大阪本社で、文化部次長のポストに就いていました。昭和三十一年、たった二晩で書き上げた『ペルシャの幻術師』が懸賞小説に入選するんですが、確か……」

面白くなってきたところで、急に話が途切れた。記憶を押し出そうとするように、彼女はこめかみに指を当てている。

「……やっぱり、なにか見落としている気がします。すみません、話は後でも構いませんか」

「あ、はい」

もともと今は仕事中だ。本の話をしている方がおかしい。

俺たちは作業を続けた。途中から篠川さんが本を括る役、俺がライトバンまで運ぶ役に分かれた。しばらく駐車スペースとの往復を繰り返すうちに、古書の山は少しずつ書庫から消えていった。

異変が起こったのは、二十分ほど経った頃だ。『山田風太郎忍法全集』の入った新書本の束を持ち上げようとした時、俺は床の上の小さな紙片に気付いた。

おそらく晶穂が持ってきてくれたメモの一枚で、落ちた拍子に裏返しになったのだろう。弱々しい筆跡の文字が記されていた。

「葛木曽棧』を探しておくれ」

俺は息を呑んだ。これには見覚えがある――先月、うちの店にファックスで送られてきた在庫の問い合わせだ。国枝史郎『完本　蔦葛木曽棧』を探してくれという内容だった。

「これ、見て下さい」

拾い上げたファックス用紙の切れ端を篠川さんに手渡す。彼女も瞬時にその意味を理解したようだった。

「……あの本を探してらした方には、関西の訛りがあったんですよね？」

俺はうなずいた。間違いない。あの時ファックスを送ってきたのは、晶穂の父親だったのだ。

晶穂の話からビブリア古書堂の存在を知り、電話帳かなにかで調べて連絡をしてきたのだろう。そして、ファックス原稿をメモ用紙に再利用したのだ。

「だったら、変ですよね……なんでうちに買い取りを頼んだんだろう？」

あの時、書名を読むこともできない俺を、晶穂の父親は「素人」だと鼻で笑っていた。素人のいる店に、どうして大切な蔵書の処分を任せようと決めたのか。

「そのことも気になりますけど……」

篠川さんはすでに括られている本の束を指差した。

「伝奇小説もかなりお持ちだったようです」

そこには国枝史郎の著書が何冊か含まれていた。函にうっすらと埃が積もっているところを見ると、かなり昔に買ったものなのだろう。『八ケ嶽の魔神』、『神州纐纈城』

——ちなみにこの書名も読めない。そしてその隣に『完本　蔦葛木曽桟』。うちの店にあったものとまったく同じだった。

「……え？」

ますます頭が混乱してくる。つまり、すでに持っている本を探してくれと依頼したということだ。一体、なんのために？

「あっ！」

突然、篠川さんがあたりに響くような大声を上げた。

「な、なんですか？」

「高坂さんの携帯の番号、ご存じですよね？　今すぐ連絡しないと！」

踏み台を蹴って立ち上がり、不自由な足を引きずるように近づいてくる。よほどのことが起こっているらしい。

「晶穂の携帯ですか。それなら……ん？」

ポケットから携帯を出そうとして、ふと思い出した。

「……そういえば、聞いてませんでした」

居酒屋で顔を合わせた時、連絡先として教えられたのはこの家の電話番号だけだ。彼女の携帯の番号は遠い昔に消去したきりになっていた。

「どうかなさいまして？」

開きっぱなしだったドアから、「光代姉さん」が書庫に入ってきた。

「ずいぶん、大きなお声でしたけど。飛び上がってしまいましたよ」

飛び上がるほどではなかったとは思うが。本当に耳がいいのかもしれない。

「高坂晶穂さんの携帯の番号、ご存じですか？」

篠川さんがうって変わった歯切れの良さで尋ねる。不審に感じたのか、晶穂の姉の目が細くなった。

「さあ……アパートの部屋の番号なら、聞いておりますけど」

「そうですか……」

次にどうすべきか、篠川さんは瞬時に決断したようだった。

「申し訳ありませんが、しばらく中座させていただきます。残りのご本は後ほど引き取りに参りますので、どうぞこのままで……行きましょう、五浦さん」

どこへですか、と尋ねる前に、杖を突いて書庫から出て行ってしまう。俺は晶穂の姉に目礼して、慌ててその後を追った。

「……手広の新古書店へ向かいましょう」

廊下で追いついた俺に、篠川さんは言った。

「本を処分される前に、高坂さんを止めないと」

6

「もっと早く、気が付くべきでした」

　ライトバンで高坂家を出発してすぐ、篠川さんは残念そうに言った。

「先月の問い合わせは、テストだったんです」

「テスト？」

「ビブリア古書堂にいる店員が、どの程度古書に詳しいか……そのテストに合格したおかげで、うちは蔵書の買い取りを依頼されたんです」

「えっ？　俺、全然詳しくないじゃないですか」

「そうです。高坂さんのお父様が必要とされていたのは、経験の浅い古書店員でした。今回の依頼は、五浦さんが一人で買い取りに来るように、最初から仕組まれていたんです。買い取りの時期を葬儀の直後に指定されたのも、わたしが店に復帰する前にすべてを済ませたかったからだと思います」

　そういえば、あの電話の主は俺に訊いた――店にいるのはあんた一人か、と。

　晶穂は篠川さんが店に戻っていることを知らずに、澤本のいい加減な噂話をそのまま父親に伝えていた。あの時の質問は、ビブリア古書堂を切り盛りしているのが本当に俺一人か、確認するためのものだったのかもしれない。

「でも、なんでそんなことを……」

「高坂晶穂さんへの指示の内容をよく思い出してみて下さい。査定はその場で行わせる、値段のつく本は引き取らせて、つかない本は置いていかせる、ただし、そういう本も必ず屋敷から運び出さなければならない……その指示に厳密に従うと、どうなると思いますか？」

俺はハンドルを握りながら考える。ライトバンは長谷にある緩い坂を上り、紅葉に覆われたトンネルを抜けたところだった。

「……値段のつかない本は、晶穂が引き取ることになりますね」

彼女は本の詰まった段ボール箱を、自分の住まいに持ち帰るようなことを言っていた。篠川さんがアドバイスをしなければ、本当にそうしていただろう。

「経験の浅い店員の査定は、不正確にならざるを得ません。価値の分かりにくい本を見落とす可能性が高いです……高坂さんのお父様は、特定の本が娘さんの手に渡るように仕向けていらしたんです」

つまり、手の込んだプレゼントということか。

「それって、例の何十万もするっていう本ですか？」

「そうですね……何十万、までは難しいかもしれませんが、状態がよければ、十万円は超えます」

「だったら、そんなややこしいことしなくても、普通に渡せばよかったじゃないですか。それこそ、先月に顔を合わせた時にでも」

「お二人の会話は他の方に聞かれていた可能性があったでしょう？　万が一、高坂さんがお父様から高価な古書を贈られたと、他の親戚の方に知られてしまったら……」

「あ……」

俺はあの和服の女性を思い出した。「耳がいい」と自分から言っていた腹違いの姉。晶穂は親戚とうまくいっていなかった。これは金が絡んでくる問題だ。この場合、後で嫌な思いをするのは贈られた晶穂の方だろう。

「他にも、理由はあるかもしれません……とにかく、わたしも見過ごしてしまいました。値段のつきそうもない本の間に挟んであって、一瞬気にはなったんですけど、はっきり思い出せなくて……まだまだ、未熟です」

彼女はぎゅっと唇を噛みしめた。そういう悔しそうな表情を見るのは初めてだった。こういう一面もある人なのだと思った。

　俺たちの乗ったライトバンは、モノレールの高架をくぐった。目的地はもうすぐだが、晶穂が本を売ってしまっていたら、取り返すことは難しくなる。間に合うかどうかは運次第だ。

「……分からないように隠してあるものを、見つけるのは難しいんじゃないですか」

　俺は前を向いたままで言った。頭にあったのは祖母のことだ。俺の祖母である五浦絹子は、他人には決して言えない秘密を『漱石全集』の中に隠していた。

「未熟かどうかじゃなくて……もともと誰かの秘密って、そう簡単に分かるようにはなってないんじゃないですか」

　車内に沈黙が流れる。横顔に強い視線を感じて、助手席に目だけをちらっと向けた。大きく見開かれた瞳を潤ませて、篠川さんが俺を凝視している。今の言葉になにか心を動かされた様子だった。変わったことを口にしたつもりはなかったのだが。

　見られすぎて落ち着かない。というか激しく照れる。俺は大きく咳払いをした。

「それで、結局なんの本が混じってるんですか？」

　行く手に新古書店の看板が見えてきて、俺はライトバンを減速させた。

「実は、あの箱には……」

　篠川さんが言いかけた時、俺の目が同じ並びにあるコンビニの建物に吸い寄せられた。見覚えのあるモスグリーンのコートを着た女が、開いたドアから出てきたところだった。飲み物を買ったらしく、歩きながらペットボトルの栓を開けようとしている。

運のいいことに、対向車も後続車も遠く離れている。急いでウィンカーを出し、コンビニの駐車場へ強引に乗り入れた。エンジンを切ると同時に車外へ飛び出す。晶穂は中古らしい赤い軽自動車に乗りこもうとしていた。

「晶穂！」

ルーフ越しに声をかけると、彼女は目を丸くした。

「大輔くん……店長さんも。どうしたの？」

「お前、そこの古本屋にもう行ってきたのか？」

「え？　うん。たった今、出てきたところ。今から東京に帰ろうと思って」

急いできたつもりだったが、遅かったらしい。俺は脱力してルーフに手をついた。せめてあと五分早かったら――。

「ん？」

ウィンドウ越しに助手席が見える。半ば開いた大きな段ボール箱が置かれていた。中にはびっしりと古い本が詰まっている。

「売ったんじゃなかったのか、この本」

「ああ、それ」

晶穂は軽く肩をすくめた。

「一度は店まで持っていったけど、気が変わったの。これでも父の形見になるんだし、しばらくはうちの部屋に置いておいてもいいかなって……」

思わず胸をなで下ろした。ひょっとすると、晶穂の父親はこういう娘の行動をも読んでいたのかもしれない。一度引き取った自分の本を、容易には処分しないだろう、と。

「申し訳ありませんが、箱の中身をもう一度拝見してもよろしいですか？」

ライトバンから降りてきた篠川さんが言った。

「いいですけど……なにかあったんですか？」

と、晶穂は言った。

駐車場のアスファルトに箱を下ろし、車の助手席に腰かけて、篠川さんは箱の中身を確かめている。

俺は晶穂に事情を説明している。この箱のどこかに、彼女の手に渡るよう仕向けられた貴重な古書が入っていること、新古書店に売るのを止めるために、俺たちがここまで追ってきたこと。

「あの人がわたしにそんな高価なものを贈るって、ちょっと考えにくいんだけど」

彼女は半信半疑の様子だった。

「先月会った時だってなにも言ってなかったし……もし本当だったら、なにを考えてるか、匂わせたりするんじゃない？」

それは俺も不思議には思っていた。本気で伝えようとしていたなら、方法はあったんじゃないだろうか。当人の性格に根ざした原因があるのかもしれない。

「……自分の思ってることを、なかなか話したがらない人はいるだろ」

晶穂が表情を曇らせる。

「わたしも、そうだったよね」

「いや、そんな意味で言ったんじゃない……悪かった」

「大輔くんが謝ることじゃないよ」

「……あの、ありました」

篠川さんの言葉に、俺たちは段ボール箱を囲む。彼女が差し出したのは薄い新書本だった。大事に読んでいたことは窺えるが、相当昔のものだ。オレンジ色と黒のカバーが色あせて、四隅が傷んでいる。

書名は『名言随筆　サラリーマン』。「ユーモア新論語」という副題がついている。著者は福田定一(ふくだていいち)——聞いたことがない名前だった。

「本当に、これなんですか？」

俺は多少拍子抜けしていた。表紙を見る限りでは、サラリーマン向けの読み物のようだ。とても貴重な古書だとは思えない。

「ええ、間違いありません。お父様はこれを高坂さんに贈られたんです」

篠川さんは断言する。手を出そうとしない晶穂の代わりに、俺が受け取って大急ぎで目を通した。「名言随筆」という書名通り、古今東西の名言にした軽いエッセイを添えるという体裁の本のようだ。肝心の「名言」は徳川家康(とくがわいえやす)の遺訓もあれば、ゲーテの著書からの引用もあり、どこかの政治家の発言もある。正直、あまり統一感がない。

冒頭の序文に戻ると、こんな文章が目に飛びこんできた。

ところで、私の本には「サラリーマン論語」という副題がふられている。なにも、孔子さまの向うを張って、昭和の論語を編むというオソルベキ考えはサラサラない。なにぶん、孔子さまとは、天の星と地のミミズほどのちがいもある薄汚れた安サラリーマンなのである。

こうして本を書いているのだから、ミミズにまで自分を卑下することはないだろうが、著者もごく平凡なサラリーマンだったらしい。

「なんで、この本が珍しいんですか？」

やはり古書価のつく理由が分からない。

「……福田定一は、司馬遼太郎の本名です」

「えっ？」

思わず声を上げた俺たちに、篠川さんは話を続ける。

「小説家としてデビューする前年、昭和三十年に刊行された著書です……この頃、司馬遼太郎は新聞社に勤務していましたから、確かにサラリーマンでした。『豚と薔薇』などと同じように、全集にも収録されていません」

突然、薄い新書本がまったく別のものに見えてきた。自分のことを「薄汚れた安サラリーマン」などと書いていた人物が、死後も多くの人々に読まれ続ける大作家になっている。この頃は本人もそんな未来を想像していなかったんじゃないだろうか。

「おそらく、作者にとっては満足できる仕事ではなかったのでしょう……それでも、この本は多くの人々に読まれたようです。発売後すぐに増刷されましたし、別の書名で二度も再刊されています」

古書に関する情報が、篠川さんの口からすらすら出てくる。いつもの調子を取り戻した様子だった。

「司馬遼太郎は自著で生い立ちについてあまり触れなかったようですが、この本では二十代の頃の体験談をエッセイ風に書き記しています。終戦直後、復員した福田定一青年は、いくつかの新聞社を渡り歩いて、様々な苦労を重ねたようです。当時の読者もそういう記述に共感したんじゃないでしょうか……高坂さんのお父様も、そのお一人だったと思います」

晶穂は『名言随筆　サラリーマン』を手に取り、しげしげと表紙を眺めた。

「この本、父が大事そうに読んでいるのを、見た気がします」

少しずつ記憶をたぐるように、遠い目で彼女はつぶやいた。

「ずっと昔、鎌倉の家に引き取られたばかりの頃……わたし、父になかなか話しかけられなくて……父も時々本から顔を上げるんですけど、やっぱり話しかけてこないんです……でも、どうしてこの本をわたしに……」

篠川さんは手を伸ばして、本の表紙をめくった。見返しには癖の強い筆跡で文字が書きこまれていた──「福田定一」。

「……署名本、だったんですか」

と、俺はつぶやいた。ただでさえ貴重な古書に署名まである。二、三十万という話だったが、もっと高値がつくかもしれない。

「これが本物かどうか、わたしにも確信が持てません。本名での署名を目にするのは初めてですし……本物だとして話をしますが、作家になった後のサインだとしたら、筆名が添えられていないのが気になるんです。おそらく、筆名を使っていなかった頃……少なくとも公にはしていない頃の著者に、サインを頼んだのではないかと」

俺はしばらし考えをめぐらせた。だとすると――。

「……デビュー前の司馬遼太郎と知り合いだったってことですか？」

「わたしはそう思います。一時期、お父様は画廊で受付の仕事をされていたとおっしゃっていましたね？」

篠川さんの質問に、晶穂は無言でうなずいた。

「司馬遼太郎……福田定一記者は産経新聞の文化部に勤めていました。美術界の動向について記事を書くには、当然美術館や画廊にも出入りしなければなりません。顔見知りだった可能性はあります」

俺は呆然としていた。とんでもないところで話が繋がった気がする。篠川さんは晶穂の手に『名言随筆　サラリーマン』をしっかり握らせた。

「お父様は司馬遼太郎の本を『お守り』だとおっしゃっていたんですよね？　一介のサラリーマンから大作家になった同郷人の著書は、お仕事で苦労されたお父様にとって、文字通りのお守りだったのでしょう。次はこの本をあなたのお守りにして欲しい、ということだと思います」

「……わたしが仕事することに、ずっと反対していたのに」

晶穂の声はかすかに震えを帯びていた。

「だからこそ、お守りが必要だとお考えだったんじゃないですか」

篠川さんが二つ折りにした紙を晶穂の手に載せた。

「箱の中に、落ちていました。その本に挟んであったものだと思います」

それは小さな便箋だった。本を持ったまま、晶穂はゆっくりそれを開く。

「晶穂へ

父」

名前だけで、本文のない手紙だった。

「……これだけですか？」

俺が小声で尋ねると、篠川さんはうなずいた。うちの店にファックスを送ってきた時よりもさらに弱々しい、よじれた糸のような筆跡だった。本文を書くだけの気力が、残っていなかったのだろうか。

晶穂は丁寧にその便箋を畳んで、本の間に挟んだ。

「わたし、父とずっと仲が悪かったんです」

雲のない秋空を遠い目で見上げながら、彼女はつぶやいた。

「傲慢で、厳しくて、近寄りにくくて……顔を合わせても、どう接していいか分からなかった。いつも同じ話をして、同じ言い合いになって……きっと父の方も、わたしとどう接していいか分からなかったんでしょうね。似てるんです、わたしたちは」

それから、かすかな笑みを篠川さんに向ける。

「本を贈るために、父がわざわざこんなことをした本当の理由、分かりますか？」

「……いいえ」

しばらく考えてから、篠川さんは首を横に振った。

「わたしにどう言って本を渡せばいいのか、分からなかったから……思っていることを、うまく言葉にできなかったから……この手紙みたいに……」

突然、晶穂の目から透明な雫(しずく)が溢れ、頬を伝っていった。

彼女が泣く姿を見たのは、それが初めてだった。

7

篠川さんはきちんと背筋を伸ばして、ライトバンの助手席に座っている。俺たちの方を見ていないのは、気を遣ってのことだろう。

「いい人だね、かわいいだけじゃなくて」

晶穂が言う。コンビニの駐車場に立っているのは、俺と彼女だけだった。少しだけ二人で話をさせてほしいと言い出したので、篠川さんだけ車に戻っていったのだ。

「……あの家へ買い取りに来たはずなのに、この本を売って欲しいって一言も言わなかった……すごく珍しい本なんでしょう、これ」

彼女の手の中には、父親から託された『名言随筆　サラリーマン』がある。俺は頭をかいた。篠川さんを単なる「いい人」で片付けられる気がしない。

「……色々ある人だけどな、ああ見えても」

「そういう女の子に好かれるよ、大輔くんは。昔からそうだった」

「なんの話だよ」

　晶穂自身の話をしていることは、察しがついていた。

「わたしたちが二人で会うようになった頃のこと、憶えてる？　高二の夏ぐらい」

「え？　ああ」

　戸惑いながらうなずいた。急になんの話が始まったんだろう。

「夏休みの課題やろうって、しょっちゅう図書館で会ってたよな。澤本が部活とかデートで来られなくて、お前と二人で……」

「やっぱり気が付いてなかったんだ。あれ、わざと」

「は？」

「澤本くんが来られない日を狙って、図書館に集まる予定を立ててたの。二人きりになってたのは、偶然じゃなかったんだよ。澤本くんは薄々感づいてたと思う」

　晶穂は淡々と話し続ける。もう涙の跡は乾いていた。

「わたし、一年の時からずっと大輔くんのこと見てた。すれ違う時に肩が触ったり、席替えで隣同士になったり、それだけでどきどきしてたよ。いつか大輔くんが、わたしの気持ちに気が付いてくれますようにって祈ってた……全っ然そんなそぶりなかったけど」

「そ、そうか……」

俺は口ごもる。確かに全然気が付いていなかった。そんな風に想ってくれてありがとうと言うべきか、気が付かなくてすいませんでしたと言うべきか、この場合はどっちだろう。

「でも事件が起こって、待つのはやめたの。積極的に行かないと、わたしにチャンスなんかない……この人は他の誰かのところに行っちゃうって」

「事件？　なんかあったか？」

大部分の男子高校生と同じく、俺も浮いた話に縁がなかった。晶穂以外に仲のいい女子生徒すらいなかったと思う。

「大輔くん、教科書を学校に忘れて、日曜にわざわざ取りに行ったことがあったでしょう、高二の夏休みの前。帰り道でなにがあったのか、憶えてないの？」

「……あ」

ようやく思い当たった。俺はビブリア古書堂の前で篠川さんを見かけたのだ。しかし、話しかけることもせずに家へ帰ったはずだ。そして、次の日に学校で——澤本たちにその話をした気がする。それを聞かれていたのか。

一澤本くんたちがすごく盛り上がって、もう一回声をかけてこいってしつこく勧めてた。大輔くんにはその勇気がなかったみたいだけど、わたしは気絶しそうだったよ……なんとなく、悪い予感がしたの。もし大輔くんがその人と知り合ったら、うまくいっちゃうんじゃないかって……だからね、必死になって邪魔したの。大輔くんが引かない程度に近づいて、少しずつ仲よくなって、付き合ってるって噂が流れるように仕向けていった……全部わたしの作戦だったんだよ」

「え……」

驚いてはいたが、同時に納得もしていた。噂を立てられた時、道理で晶穂が落ち着いていたわけだ。

「念願かなって付き合うようになったけど、そうなってから気が付いたの。わたし、自分の性格のこととか、両親の関係のこととか、親戚とのごたごたとか、大輔くんにちっとも話せなかった。自分の抱えてることを、他人に打ち明けられない人間だったの……父と同じように」

自嘲するように鼻で笑う。先月、店に電話してきた彼女の父親も、似たような笑い方をしていた。

「結局、大輔くんを振り回したあげくに別れちゃって……一生顔を合わせられないって思ったのは本当だよ。消えてなくなりたいぐらい、自分が許せなかった。だから、澤本くんから二人が付き合ってるって聞いた時、心底ほっとしたんだ。わたしのわがままで止めちゃった時間が、動き出してくれた気がして」

その時、顔を上げた篠川さんとちらっと視線が合った。時間を気にしているのかもしれない。俺たちはまだ高坂家に買い取った古書を残してきている。あまり長い時間放っておくわけにもいかなかった。

「わたしが言いたいのは、幸せになってねってこと。わたしと付き合ってたことは、寄り道だと思えばいいんだから……大輔くんが本当に好きな人とうまくいくように、わたし祈ってるから。話はそれだけ。じゃあね」

自分の言いたいことを言い終えると、晶穂はさっさと自分の車の方に歩き出した。その背中はこちらの言葉を拒絶しているようにも思える。仕方なく、俺もライトバンへと戻っていった。

胸の奥にくすぶっているものがあった。形にする機会を逃したきり、ずっと以前から残っていた感情だ。

運転席のドアを開けたところで、俺は振り返った。どんな感情も放っておけば、いずれは遠ざかって、どこかへ消え去ってしまう。今、口にしなければ、もう一生機会はないと思った。

「晶穂！」

自分の車に乗りこもうとしていた彼女が顔を上げた。

「お前がなにを考えてるか、俺はよく分かってなかった……分からないまま、付き合ってたと思う」

一言ずつ区切るように、俺は声を張り上げた。

「でも、俺はお前が好きだった……本当に、好きだったよ」

晶穂は立ちすくんだようだった。その一瞬になにを思ったのか、やはり俺には分からなかった。やがて、彼女は白い歯を見せて笑った。

「……またね、大輔くん」

弾んだ声で言った。

「ああ、またな」

俺たちは挨拶を交わして、それぞれの車に乗りこんだ。またとは言ったが、当分顔を合わせることはないと感じた。

駐車場から出て行く晶穂の車を見送ってから、俺はふと我に返った。

篠川さんがぽかんと口を開けていた。たった今茹で上がったように、髪の生え際まで真っ赤になっている――よくよく考えると、ドアを開けてから「お前が好きだった」などと叫んでしまった。

「ご、ごめんなさい……その、聞いてしまって……」

「あ、いや、こっちこそ、変な話を……あいつとは、もう別れてるんですけど……」

説明すればするほど墓穴を掘りそうだった。いたたまれない空気のまま、俺たちは元来た道を高坂家に引き返した。

必要以上に話さなかったせいか、残りの本の移動はスムーズに進んだ。俺が足を止めたのは、廊下の途中で晶穂の姉に呼び止められた時だけだ。

「どこへお出かけだったのか知りませんが、早く運び出して下さらないと」

「申し訳ありませんでした」

三段重ねの本の束を抱えたまま、頭を下げる。その拍子に彼女が手にしている現金書留の封筒が目に入った。受取人の欄には「高坂晶穂」と綺麗な楷書で書かれていた。

「今日中に郵便局へ行く用事がありますの。それに間に合うように、終わらせて下さいね」

「あ、はい……」

どうして晶穂に金を送るんだろう。それも今日中に。赤の他人が尋ねていいはずはないが、それでも気になる。

「気になりますか、これが」

視線があからさますぎたかもしれない。彼女は封筒を持ち上げて、見やすいように俺に向けた。

「これは今日そちらがお買いになった本の代金。これから晶穂に送るんです。さっき手渡そうとしたのに、強情を張って受け取らないものだから……まったく、いちいち手間をかけさせて」

彼女は尖った八重歯（やえば）を見せて、ちっと舌を鳴らした。上品さを失わない舌打ちを見るのは、生まれて初めてだった。

「本の代金を、彼女に渡すつもりだったんですか」

「細かいお金にけちけちするほど困っておりませんので……まあ、身内の中にも、とやかく言う者はいるかもしれませんけれど」

俺は「光代姉さん」への見方を少し改めていた。晶穂とは仲が悪いとばかり思っていたが、そう単純なものでもないようだ。彼女の父親がそうだったように、この人も自分の思いをうまく口に出せない性格なのかもしれない。

「五浦大輔さん、あなたからもあの子に伝えておいて下さいね。このお金を受け取って、返しに来たりしないように。もう一回送るのも面倒ですから」

首をかしげたのはその時だった。この人は俺と晶穂が親しいということを前提に話している。晶穂がそこまで話したんだろうか。

「ひょっとして、俺のことご存じなんですか？」

「は？　当たり前じゃありませんか」

彼女は呆れかえったように眉をひそめた。

「あなた、ずいぶん前に晶穂をうちまで送ってきて、大きな声で名乗ったでしょう。五浦大輔ですって」

それから、もう一言付け加えた。

「わたしは耳がいいんですよ」

とはいえ、屋敷の奥まで俺の声が届いたとも思えない。きっと、この人は庭の見える部屋にいたのだろう。飛び石に立っていた父親を案じていたのか、親子ほど年の離れた異母妹を待っていたのか――それはもう本人にしか分からないことだ。

8

鶴岡八幡宮（つるがおかはちまんぐう）前の交差点を折れて、県道の上り坂にさしかかると、途端にライトバンのスピードが落ちた。荷室いっぱいに積まれた古書のせいだ。

俺たちは宅買いを終えて、ビブリア古書堂に戻るところだった。秋の夕暮れ時で、西日を浴びた銀杏の梢が柔らかく輝いている。

「店に戻ったら、終わりにして……明日、本の整理をしましょう……」

篠川さんが聞き取りにくい声で言った。車に乗ってから口を利いたのは初めてだった。俺は落ち着きを取り戻しつつあったが、彼女はまだそうではないらしい。相変わらず顔も赤いし、口数も少ない。

「……大輔さんも、帰ってゆっくり休んで下さい……明日は、忙しいですから」

「はい、分かりました……え？」

答えてから首をかしげた。大輔さん？　助手席を見ると、彼女は両手で口を押さえている。

「ご、ごめんなさい。高坂さんがずっと名前で呼んでらっしゃったので、つい……移ってしまったみたいで……」

「別にいいですよ、大輔さんで」

そう呼ばれるのは単純に嬉しい。より親密になった気がする。

「分かりました……そうします」

彼女は意外にあっさり応じ、

「大輔さん……大輔さん……」

暗唱するように口の中で小さく繰り返す。そういえば、男性を名前で呼んでみたい、というようなことを言っていた。

「……じゃ、俺も栞子さんって呼んでいいですか」

さりげなく切り出したつもりだったが、実際どう響いたか分かったものではない。とにかく、返事はなかった。断るにしてもなにか言ってくれないと困るのだが。

ライトバンは落石防止のアーチをくぐり、下り坂に入った。おそるおそる彼女の横顔を窺うと、眉を寄せてぎゅっと目を閉じている。怒っている——というより、痛みでもこらえているようだった。それにやけに息が荒い。

「栞子さん？」

建長寺前の信号で一時停止したところで、俺は声をかけた。

「……はい」

眼鏡の奥で薄目を開けて、か細い声で答える。それでようやく腑に落ちた。俺は身を乗り出して、彼女の額に手を当てる。案の定、かなりの高熱だった。

「手が、冷たくて……気持ちいいです」

今ひとつ呂律の回らない口元に、ほんのり笑みが浮かんだ。どうも様子がおかしいとは思っていた。妙に血色がよかったし、部屋に入っても上着を脱ごうとしなかった。いつもより本の謎を解くのに手間取ってもいた。なんのことはない。この人は体調が悪い中、無理を重ねていたのだ。

（……くそ）

もっと早く気が付いていればよかった。

信号が青に変わり、俺は力をこめてアクセルを踏んだ。

ささいなことではあるが、一応断りを入れておく。

俺が彼女を栞子さんと呼ぶようになったのは、この時のどさくさからだ。だから、以後この記録の中でもそう呼ぶことにする。

母屋の玄関はビブリア古書堂の反対側にある。駐車スペースにライトバンを停め、外から回りこんで助手席のドアを開けた。

栞子さんは覚束ない手つきでシートベルトを外し、杖を使って地面に降りようとする。はらはらしながら見守っていると、つるりと杖の石突きが滑って、前のめりに転がり落ちてきた。

「あっ」

反射的に腕を伸ばし、地面にぶつかる前にどうにか受け止める。熱のこもった柔らかい体から、肌の匂いが立ちのぼってくらくらした。

「だ、大丈夫……立てます……」

蚊の鳴くような声が聞こえてくる。しかし、いつまで待っても立ち上がろうとしない。まったく力が入らない様子だった。

俺は天を仰いでしばし考えこんだ。一つしか方法はなさそうだ。

「少し我慢して下さい」

両膝の裏と背中に腕を回して、体ごと持ち上げる。そのまま小走りに玄関まで向かった。

「……重く、ないですか」

彼女はぎゅっと両腕を縮こまらせている。

「いえ……大丈夫」

正直慌てていたせいか、重いか軽いかも分からなかった。彼女がブルゾンのポケットから出した鍵でドアを開けると、家の中はしんと静まりかえっている。同居している妹はまだ学校から戻ってきていないようだった。

栞子さんがもぞもぞと身動きして、土間に靴を落とす。俺も蹴り飛ばすように靴を脱いだ。この人の寝室は二階にある。俺は軋む廊下を進んで、急な階段を見上げた。万が一、彼女ごと転げ落ちたら大変なことになる。

「……できればでいいですけど、摑まってもらえますか」

緊張で声がかすれていた。もっとためらうかと思ったが、彼女は素直に両腕を俺の背中に回した。想像以上に豊かな胸の感触にぎょっとしたが、とにかく慎重に階段を上っていった。彼女の体温と動悸が同時に伝わってくる。俺は足下に意識を集中させた。

積み上がった本の山にぶつからないよう気を付けながら、俺は栞子さんの体を二階の寝室にまで運びこんだ。窓際のベッドに横たわらせると、目を閉じたまま苦しそうに息をしている。

襟に毛皮のついたブルゾンは一番上のボタンまで留められている。とにかく上着だけでも脱がせた方がよさそうだ。俺はおそるおそるボタンに手をかけて外していった。仕方のないこととはいえ、あまり他人に見られたくない光景だが――。

「……なにしてんの」

背後から声が聞こえた。ぎょっと振り返ると、紺のブレザーの制服を着たポニーテールの女子高生が、腕組みをして廊下に立っている。栞子さんの妹の篠川文香だった。

「あ、いや……買い取りに行ってたんだけど、熱があったらしくて」

最後まで説明を聞く前に、文香の顔色が変わった。本の山を器用に避けながらベッドに駆け寄ってくる。

「あー、やっぱり！　ちょっと待ってて！」

どうやら誤解されていないらしい。彼女は部屋を飛び出して階段を駆け下りていき、戻ってきた時には氷枕やタオルや水差しを抱えていた。

さらにクローゼットからパジャマや下着を取り出して、次々とベッドに放り投げる。一応、下着からは目を逸らした。

「宅買いなんか無理だって言ってたんだけどね……はい、ちょっと口開けて、お姉ちゃん」

ため息をつきながら、姉の口に体温計を押しこんだ。最近分かってきたことだが、家事を主にこなしているのは妹の方らしかった。なにをするにしても手際がいい。

「……そんなに具合悪かったのか？」

「んー、もともと風邪っぽかったけど……五浦さんに仕事を教えなきゃいけないからって、準備してたせいもあると思う。夜中になんか色々メモ書いてたよ。お客さんにこう挨拶してーとか、査定の手順はこうでーとか」

「え……」

つまり、俺のために無理をしていたことになる。今日の彼女の受け答えが妙にしっかりしていたのは、手本を見せようとしていたのだ。

（そういうことだったのか）

自分が情けなくなってきた。今日一日、なにからなにまで俺は気付いていなかった。

栞子さんのことにせよ、晶穂のことにせよ。

「まあ、楽しそうだったけどね。お姉ちゃん」

そう言いながら、文香が姉の腕からブルゾンを脱がせている。

「……楽しそう？」

「うん。遠足に行く前日の小学生みたいだった」

パジャマに着替えさせるということだったので、俺は部屋を出た。

廊下に積み上がった本が、天井からの電灯に照らされている。以前、ここへ上がった時とは、本の種類が違っているようだ。というより、少し増えている。このままいくと、本当に階段の下まで栞子さんの本が溢れてしまうんじゃないだろうか。

　窓の外はすっかり暗くなっている。長い一日だった。栞子さんの風邪は幸いにして大事はないようだ。心配ではあったが、このまま自宅に帰るつもりだった。

　最後に何気なく廊下を見回した時、壁際の本の山に目が留まった。見覚えのある灰色の背表紙が一番上に載っていた——坂口三千代『クラクラ日記』。

（……あれ？）

　以前、均一本のワゴンで売った本だった。もともとは栞子さんの蔵書だったが、好きになれないからと店に出してしまったのだ。

　思わず手に取って確かめる。やはり同じ本だ。ということは、好きになれない本をまだ持っていたのだろうか。

　首をかしげつつ、本を山に戻す。ふと、その奥に置かれている絵の一部が見えた。本の山を背景にした白い鳥。この絵も以前見た記憶がある。

　クラクラは野雀を意味しているという。絵の中の鳥がクラクラかどうかは知らないが、ここで見た時からずっと気になっていた。キャンバスの他の部分には、一体なにが描かれているんだろう。

　ちょっとした好奇心、だったと思う。

俺は手を伸ばして、キャンバスの縁をつかんだ。なぜか頭をよぎったのは、昼間目にした司馬遼太郎の文章だった。

（……私は、探偵小説に登場してくる探偵役を、決して好きではない。他人の秘事を、なぜあれほどの執拗(しつよう)さであばきたてねばならないのか、その情熱の根源がわからない……）

ためらったのはほんの一瞬だった。俺は別に探偵などではないし、これが他人の秘事かどうかも分からない。深い意味もなく、ただここにおいてあるだけかもしれない。覗き見るぐらいなら、別に構わないだろう。

壁と本の間から引き抜くと、それは椅子に座った若い女の絵だった。その背景には大量の本が積み重なっている。白い鳥は椅子の背に留まっていた。長い黒髪を伸ばしたその女性は、白いブラウスと長いスカートを身に着け、うつむき加減に本を読んでいる。膝の上には眼鏡が畳まれていた。

（栞子さん……？）

モデルは彼女のようだ。誰が描いたのかは分からないが、かなり上手い――。

（いや、待てよ）

それにしては妙だ。水彩らしい絵の具はかなり色あせ、キャンバスも薄汚れていた。

少なくともここ数年に描かれたものではない。

隅の方に目を近づけても、題名や作者の名前は見当たらなかった。ひっくり返してキャンバスの裏側を確かめてみる。鉛筆らしい走り書きの文字があった。

1980.6.24

「え……？」

俺は絶句した。今からちょうど三十年前だ。そんなはずはない。改めて絵に描かれた女性を眺める。どこを取っても、栞子さんがモデルとしか思えなかった。

しかし、三十年前に篠川栞子は生まれていない——これは別の誰かなのだ。

一体、誰の絵なんだろう。

キャンバスを手にしたまま、俺は呆然と立ちつくしていた。

鳥の声はどこからも聞こえてこない。

第三話　足塚不二雄『ＵＴＯＰＩＡ　最後の世界大戦』（鶴書房）

1

そういえば、俺は折り紙が苦手な子供だった。近所の友達にもよく笑われていた。人より手が大きく、指も太かったせいなのか。とにかく不器用なのは間違いない――。

折っているつもりが握りつぶして、……

と、いうことを思い出しながら、カウンターの中で古書にパラフィン紙をかけている。古い本を日焼けから守るためのものだ。ビブリア古書堂では昔の本には一律でパラフィン紙をかけている。今、俺が格闘しているのは池波正太郎『錯乱』文藝春秋新社。先日、御成町にある高坂晶穂の実家から買ってきた一冊だ。

カバーには破れやヤケがあり、状態はかなり悪い。本というものは長い年月で歪むことがある。薄いパラフィン紙をぴったりかけるのは容易ではない。うまくいったと思うと、今度は紙の大きさが足りなかったりする。何度かやり直した末にどうにかうまくいって、店に出す本の山に載せた。

「大輔さん、値札付けました？」

背後から栞子さんの声がかかる。

「あ、すいません」

忘れるところだった。事前に用意されていた値札の裏側に軽く糊を塗る。函のない本には、糊で値札を貼りつけることになっている。これも位置を間違えるとやり直しが難しい。下手に剝がすと跡が残ってしまうのだ。

まだ背中に視線を感じて振り返る。本のかげから彼女が顔を出していた。

「どうかしましたか？」

「ちょっと、見て欲しいものが」

手招きされるままに、本の向こうに回りこむ。この店のカウンターの内側は、レンガのように積み上がった本で仕切られている。店主が戻ってきてから作られた本の壁だ。普段、彼女はその奥に閉じこもって、通販業務などをこなしている。

L字型のカウンターの隅に置かれたパソコンも、その壁に隠れて見えなくなっている。

「今、メールチェックしてたんですけど……」

彼女が指差したモニタには、画像つきのメールが表示されている。青い海を背景に、一組の男女が寄り添っていた。濃い色のサングラスをかけ、直立不動の姿勢を取る初老の男性に、丸顔の中年の女性が腕を絡めてピースサインをしていた。

本の買い取りを通じて知り合った坂口夫妻だった。

「……どこにいるんですか、今は」

「石垣島ですって」

先月、長期の海外旅行から帰ってきたのだが、今度は沖縄に行ってみたくなったらしい。あちこちの島をのんびり回って、行く先々からこうしてメールをくれる。

「いいですねえ、南の島」

彼女はうっとりと遠い目をする。意外な反応だった。

「栞子さんもこういうところに興味あるんですか」

「ええ……どんな古書店があるのかしら。こちらとは品揃えも違うんでしょうね」

あまり意外でもなかった。まさに筋金入りの本の虫だ。

「……泳いだりしないんですか」

「え、どうしてですか？」

と、言ってから自分で気が付いたらしい。

「変でしたね……本探しなんて」

「いや、面白そうですけどね、本探し」

「本気でそう思ってます？」

「ええ」

一応、本気だった。この人とどこかに出かけて、際限なく続く本の蘊蓄を聞くのも悪くなさそうだ。別に南の島でなくてもよさそうだが。

「……そうですか」

と、彼女は嬉しそうに笑った。

宅買いに行ってから、以前よりも打ち解けた気がする。俺と話す時に、目を逸らしたり口ごもったりしなくなった。この人にとっては格段の変化だ。

そのことは素直に嬉しいが、気がかりなことが一つある。

ここの母屋の二階で見つけた一枚の絵——篠川栞子とそっくりな人物の描かれた絵のことが、頭から離れなかった。

あの日、絵を手にしたまま呆然としていた俺は、襖が開いたことにまったく気付かなかった。

「……その人はね」

急に話しかけられて、飛び上がりそうになった。振り向くと篠川文香が立っていた。姉が脱いだ服を胸の前に抱えている。

「篠川智恵子……あたしたちのお母さん」

「お母さん……？」

　改めて絵を眺める。髪形も服も今の栞子さんにあまりにも似すぎていた。年齢も同じぐらい——いや、もう少し若いかもしれない。

「うちのお父さんと結婚する前……この店で働き始めた頃、お母さんが誰かに描いてもらった絵だって聞いてる。誰が描いたのかは知らないけど」

　感情のこもっていない声で、淡々と話を続ける。

「お母さん、ここの店員だったのか」

「……そう」

　と、彼女はうなずいた。

「もともとうちの常連だったみたい。ここで働き始めてから、お父さんと付き合うようになったんだって」

　それから結婚し、二人の娘が生まれた——気になるのはその後だ。以前、母親のことを尋ねた時に、栞子さんが凍りついたことを俺ははっきり憶えている。

　なにか話しにくい事情があるのは分かっていたが、今さら訊かずに済ませるのも不自然だ。

「今、お母さんは？」

「さあ……出て行っちゃった。十年前に……今も生きてるとは思うけど」

あっさり答えが返ってきた。つまり失踪ということか。

「出て行ったって……理由は？」

「それがよく分かんないんだ。あたしは小さかったし、お父さんもお姉ちゃんも話したがらなかったから。二人がなにを知ってるかも、あたしには知らない……でもね」

彼女の口調が急に強くなった。

「五浦さんがお姉ちゃんとうまくやっていきたかったら、お母さんのことは触れちゃ駄目……っていうか、絶対やめて」

そう言いながら、俺の両手から絵を取り返し、本の山の奥にぐいと押しこむ。さっきと同じように、見えているのは例の白い鳥だけになった。

「お母さんの話になると、お姉ちゃんすごく悲しそうな顔するんだ……」

俺はパラフィン紙のかかった本を棚に差している。

休日の午前中にもかかわらず、客はまだ一人も来ていない。近所の円覚寺や明月院(めいげついん)の紅葉が盛りに近づき、北鎌倉駅のホームは人波で埋まっているのだが。

カウンターの奥から、かすかにキーボードを打つ音が響いてくる。栞子さんは通販で売る古書のデータを入力しているようだった。

結局、彼女の母親について分かったことはほとんどない。

もちろん、無理に聞き出すつもりなどないが、晶穂と付き合った時、相手について知らずにいたことは、俺にとって苦い記憶になっている。

結局、俺はこの人に惹かれているのだろう。

だからこそ迷いもあった。彼女が胸に秘めていることを知りたいが、その気持ちも含めてただの詮索で、彼女の秘密を暴こうとしているだけかもしれない——。

外で車のエンジン音がする。

顔を上げると、ガラス戸の向こうにミニバンが停まったところだった。眼鏡をかけた男性が運転席から降り、ミカン用の段ボール箱を抱えて店の入り口に近づいてきた。

慌ててガラス戸に駆け寄って開けた。

「買い取りですか？」

男性は俺を見上げた。白いものの混じった髪が少し薄くなっている。年齢の分かりにくい顔立ちだが、三十代の後半か四十代の前半だろう。経理担当の真面目なサラリーマンという印象だ。着ているのは地味な色合いのセーターとジーンズで、どこを取ってもこれといった特徴がない。すれ違ってもすぐに忘れてしまいそうだった。

「ええ……お願いします」

声は意外とよく通る。俺は箱を受け取って、カウンターの中へ持っていった。

「……こちらの方にご記入お願いします」

きょろきょろと店の中を見回している男性に、ボールペンと買い取り票を差し出した。段ボール箱を開くと、なぜか古い食用油の匂いがうっすら立ちのぼった。古い新書本や文庫本が中心のようだが、どれも書名が読めないほど背が焼けて、天には埃が積もっている。値段の付きそうなものはなさそうだった。

「今日、女性の店員さんはいらっしゃらないんですか？　髪の長い、眼鏡をかけた」

住所を書きながら客は言った。神奈川県藤沢市西富。この北鎌倉からは車で十五分ほどの距離だ。栞子さんを知っているということは、以前この店を訪れたことがあるのだろう。

「篠川でしたら……」

背後を振り返ると、ちょうど奥から杖を突いた栞子さんが現れたところだった。

「店長の、篠川です……いらっしゃいませ」

男性は手を止めて、彼女を上から下までじろじろ眺めた。間違いがないか探しているかのような執拗さだった。

「あの……なにか……？」

栞子さんが戸惑い気味に尋ねると、はっと我に返ったように視線を逸らす。

「……いや、別に。失礼しました」

いい年をして照れているように見える。栞子さんがいるか真っ先に尋ねたことといい、挙動不審な態度だ。俺はこの相手を警戒し始めていた。田中敏雄に襲われた時のようなことが、万が一にもあってはならない。

「一つお訊きしたいことがあるんですが」

と、男性は言った。

「は、はい……なんでしょう」

「足塚不二雄の『ＵＴＯＰＩＡ　最後の世界大戦』は、いくらで買っていただけますか」

突然、栞子さんの顔色が変わった。俺の知らない書名だった――著者の名前はなんとなく記憶に引っかかるのだが。

「……鶴書房版ですか？」

その声には緊張がにじんでいる。

「ええ……初版で、美本だとしたら」

店主はしばし考えこんだ。慎重に言葉を選んでいるのがありありと分かる。

「実際に、拝見してみないことには……カバーはありますか？」

「いえ、カバーはないと思います」

「……うちでは古書マンガをほとんど取り扱っていませんから、専門店のような買い方はできかねますが……百万単位の金額にはなるかと……」

「えっ」

その場で驚いたのは俺一人のようだった。買い取り価格で百万円台ということは、売り値は一体どうなってしまうのだろう、ひょっとすると、栞子さんが持っている太宰の『晩年』よりもさらに高額かもしれない。

古書とはいえ、そんな値段のつくマンガがあるとは想像もしていなかった。

「そうですか。妙な質問をしてすいませんでした」

男は頭を下げる。なぜか嬉しそうな表情を浮かべているのが気になった。

「『最後の世界大戦』を、お持ちなんですか？」

と、栞子さん。すでに持っているか、手に入れるあてがあるからこそ、そういう質問をしたとしか思えない。俺たちが固唾を呑んで答えを待っていると、彼はふと思い出したようにガラス戸の方を振り返った。

「……車、表に停めておくとまずいですよね。駐車場はどこでしたっけ」

それは俺への質問だった。確かに店の前の道路は狭く、長時間駐車しておくと通行の邪魔になる。

「あ、はい……この店の裏側に。すぐそこの角を右に折れて、道なりに進むと、駐車場の看板が立ってます」

「そうですか。とりあえず車を停めてきますので、その間に本の査定をお願いします……では、また後で」

彼は向きを変えて、急ぎ足で店を出て行ってしまった。見た目はともかく、だいぶ変わった性格らしい。結局、『最後の世界大戦』の件はなんだったんだろう。

「……とにかく、査定しましょうか」

栞子さんは段ボール箱の中身を覗きこんだ。まあ、戻ってきたら話の続きがあるかもしれない。俺だけではなく、彼女もそう思っていたと思う。

しかし、いつまで経っても彼は姿を現さなかった。

念のため、母屋の前にある駐車スペースを見に行ったが、ミニバンはどこにもなかった。うちの店のライトバンが停まっていただけだ。

本の査定を頼んだまま、その奇妙な男は忽然と消えてしまったのだ。

2

その日の午後、店番を栞子さんの妹に頼んで、俺たちはライトバンで店を出た。後部座席には本の入った段ボール箱が積まれている。預かった本を放ってはおけません、という店主の一声で、会いに行くことになったのだ。査定はすでに終わっており、先方がいいと言えば本を買い取り、言わなければその場で返却する予定だった。

男の残した買い取り票には住所の途中まで記入されていた——藤沢市の西富。ただし、番地は途中までしか書かれておらず、名前と電話番号の欄は空白だった。

「もう少し店で預かってもよかったんじゃないですか？」

運転しながら俺は言った。

「勝手に向こうが置いていったんだし、わざわざ届けなくても……」

おおよその住所しか分からないのでは、行ったところで相手の家を突き止められるとは思えない。そもそも、あの男が本当の住所を書きこんだかどうか。

「それはそうですけど……ひょっとすると、あの方は『最後の世界大戦』を本当にお持ちかもしれません。初版にはカバーがなかったこともご存じのようでしたし……だとすれば、お届けする価値はあります」

あやふやな話でも飛びつきたくなるほど、貴重な古書マンガらしい。

「『最後の世界大戦』でしたっけ？　そんなに珍しいんですか」

「ええ。正式なタイトルは『ＵＴＯＰＩＡ』で、『最後の世界大戦』は出版社が勝手に付けたものですけど……作者にとっては最初の単行本で、現存するのは十冊ほどだと言われています。一九八〇年に初めて古書市場に現れるまで、マニアの間でも幻の一冊とされていました」

「じゃ、有名だったんですね。いつの時代の人なんですか？」

確か作者は「足塚不二雄」だったか。有名なマンガ家をつぎはぎしたような、おかしな名前だ。

「足塚不二雄は、藤子不二雄（ふじこふじお）のデビュー当時のペンネームです」

「え……」

俺は絶句した。つぎはぎどころか本人だったとは。

もちろん、藤子不二雄なら俺でも知っている。日本ではむしろ知らない人間の方が珍しいんじゃないだろうか。日本で最も有名なマンガ家の一人――いや二人組か。ずっと以前にコンビを解消し、一人は亡くなってしまっているが。

子供の頃、俺も何冊か小遣いで買っている。マンガなら活字と違って、多少長い時間でも読んでいられたからだ。俺のお気に入りは『キテレツ大百科』だった。ちょうど物心付いた時に、アニメが放映されていたせいだと思う。

「出版されたのはいつだったんですか？」

「昭和二十八年……今から六十年近く前ですね」

「そんなに昔だったんですか……」

俺の祖父母の世代だ。古くから活躍しているのは知っていたが、そこまで昔だとは思っていなかった。

「そうですね。出版された時、作者はまだどちらも十代でした。黎明期の少年マンガ家は、十代でデビューするのが当たり前だったんです……クリエイターの平均年齢そのものが低かったようですね。当時ベテランと言われていた手塚治虫ですら、まだ三十歳ぐらいですから」

「『足塚』っていうのは、手塚治虫から来てるんですか？」

「ええ。敬愛する手塚治虫にちなんだペンネームで、手より足の方がずっと下にある、という意味だったそうですよ。そもそも、作者に鶴書房から単行本執筆の依頼が来たのも、手塚治虫の紹介があったからです。デビューしたばかりの新人マンガ家にとっては、大きな助力になったと思います」

話を聞いているうちに、車は国道の緩い坂に入っていた。休日のせいか渋滞がひどい。もう目的地はすぐそこなのだが、なかなか前に進まなかった。道路沿いにあるボクシングジムで、練習している選手たちの姿が見える。

「……栞子さん、昔のマンガにも詳しいんですね」

ビブリア古書堂では古書マンガをほとんど扱っていない。彼女の知識も活字中心だと思いこんでいた。

「いいえ……あまり詳しくはないんですけど……」

彼女の声に苦いものが混じる。これだけ知っていれば、十分に詳しい気もするが。

国道を逸れて大きな寺の山門を通りすぎ、住宅街の路地でライトバンを停めた。地図で確認すると、だいたいこのあたりのはずだ。

「家、多いですね」

俺はあたりを見回した。該当する家は何十軒とあるだろう。一戸建てだけではなく、アパートも多い。

「しらみつぶしに一軒ずつ回るしかないかな……」

あの男が出てくれれば、そこが正解というわけだ。もちろん、足の悪い栞子さんではなく、俺が回ることになるのだが。手間のことを思うと気が重かった。

「待って下さい……それよりも、今からわたしの言う条件に合った部屋がある家を見つけて下さい。その方が早いと思います」

と、彼女は言った。

「……西に向いた大きな窓があって、薄いカーテンだけがかかっている部屋……それも、キッチンの近くにある部屋です。日射しの差しこむ位置に、本棚が置かれていると思います。そういう部屋のある家に、さきほどの方がいらっしゃるはずです」

「どういうことですか？」

「箱の中の本は、どれも背が焼けていて、天に埃がかぶっていました。強い日射しを浴びる本棚に、長い間並べられていたのでしょう。それに、どの本にも油の匂いが染みついていました。揚げ物や炒め物の匂いが届いてしまう場所……キッチンに近い部屋に置かれていたのではないかと。換気が行き届かないことを考えると、古い建物の可能性が高いです」

「……なるほど」

俺はうなずいた。言われてみれば確かにそうだ。

「よく考えつきますね、そんなこと」

「……今言ったようなお宅へ、買い取りに行ったことがあるんです……その時と本の状態がそっくりでしたから」

経験に裏打ちされた洞察力というわけだ。俺はライトバンのドアを開けて、外へ降り立った。多少は条件が絞られた気がする。

しばらくの間、路地を歩き回った。住宅同士が密集しているせいか、日当たりのいい西向きの窓は意外に見当たらない。新築を除外すると、さほど候補は残らなかった。

（ん……？）

ひときわ静かな路地に面した、二階建ての古いアパートの前で立ち止まる。

一階の角の部屋には西向きの大きな窓があり、目の粗いレースのカーテン越しに本棚が見えた。窓の近くに換気扇用の排気フードが設置されているのは、部屋の隣にキッチンがあるからだろう。油が原因らしい黒ずんだ汚れが、フードの外にまで垂れ下がっていた。あまり掃除をしていないらしい。

栞子さんが口にした条件に、ぴったり符合していた。

「……ここか」

と、俺はつぶやいた。

栞子さんの歩くスピードに合わせて、二人でアパートの入り口に向かった。錆(さび)の浮いた門から敷地に入り、一番端のドアの前に立つ。一体、何十年前の建物なのか、風呂場の窓の格子に木製の牛乳箱がくりつけてある。

マジックで「須崎(すざき)」と書かれた古い表札がかかっていた。

「……いますかね、中に」

と、俺は小声で話しかける。

「わたしたちを待っていらっしゃるかもしれません」

「えっ？」

「本を置いていかれたのも、『最後の世界大戦』の話をされたのも、なにか意味があるような気がします」

「意味って……どんな意味ですか？」

「そこまでは分かりませんけど……」

気味が悪くなってきていた。もしこの奥にいる相手がなにか企んでいるとしたら、俺が栞子さんを守らなければならない。

彼女がチャイムを鳴らした。人の気配が近づいてきて、ゆっくりドアが開いていく。

なにかあったらすぐ反応できるように身構えた。

立っていたのはさっきの眼鏡をかけた中年男だった。

「須崎さん、ですね。さきほどお預かりした本の件で、伺いました……」

突然、須崎という男の顔に喜色が広がる。それから、両手で押し包むように栞子さんの両手を握った。

「……やっぱり、さすがだ。よくここまでいらっしゃいましたね」

「え？　あの……」

男はぱっと手を放し、俺たちを招き入れるように床へ上がった。

「どうぞ、お入り下さい……是非、聞いていただきたい話があります」

「なんの話ですか？」

俺は口を挟んだ。どうやらこちらが本を届けることを予期していた――というより、本を置いて立ち去ったのは、ここまで呼び寄せるためだったようだ。意図が分からない以上、のこのこと部屋にまで入る気にはなれなかった。

「もちろん、足塚不二雄の『最後の世界大戦』と……」

須崎は栞子さんに視線を定めた。

「あなたのお母さんのことです」

3

須崎の案内で通されたのは、さっき外から見えた西向きの和室だった。大きな扉つきのキャビネットが、壁一面に並んでいるのが目についた。キッチンとの間仕切りのそばに、空っぽになった細い本棚がある。ここから本を出して、ビブリア古書堂に持ってきたらしい。

西ではなく南にも掃き出し窓があり、雑草の生い茂る庭が見える。おそらく昔から変わらない眺めだろう。時が止まっているような、不思議な空間だった。

俺たちは並んで腰を下ろした。栞子さんは横座りで、不自由な足を日焼けした畳に伸ばしている。掃除はどこも行き届いているようだが、あまり人の住んでいる気配が感じられない。引っ越しする直前のようなよそよそしさがあった。

「ここはわたしの実家です……昔、ここに父と二人で住んでいました」

キッチンから現れた須崎は、愛想よく説明しながら湯飲みの載った盆を俺たちの前に置いた。ごく普通の緑茶が湯気を立てている。

「わたしが高校を卒業して独立してからは、父はずっと一人で暮らしていました……

九月に脳梗塞で他界しましたが」

「……それは、ご愁傷様でした」

栞子さんが頭を下げ、俺も同じようにした。まだ須崎の話の流れがつかめない。『最後の世界大戦』と栞子さんのお母さんのこと、というのは一体なんなのだろう。

「このアパートを引き払おうと、父の遺したものを整理していたところだったんですが……子供の頃からずっと不思議に思っていたことがありましてね。どうしても真相を知りたくて、こんないたずらをしてしまいました」

急に須崎は背筋を伸ばし、正座している膝を栞子さんに向けた。

「途中までしか住所が分からなかったのに、どうやってこのアパートを突き止めたんですか？　このあたりの家を一軒ずつ回ったわけではないですよね」

「え……？　それは……」

「まずはそれを教えて下さい……お願いします」

強い口調で懇願されて、彼女はさっき俺にした説明をもう一度繰り返す。須崎は目を輝かせていちいちうなずいていたが、やがて空になった本棚を振り返った。

「……なるほど」

と、彼は深くうなずいた。

「じゃあ、あの時もきっとそうだったんだな。本の内容も似たようなものだったから」

「……あの時、とおっしゃいますと？」

　栞子さんが尋ねる。

「今から三十年前になりますけど……わたしの父もビブリア古書堂に本を売りにいったことがあります。わたしがやったように、住所を途中まで書いたところで、本を置いて帰ってしまったんです。それなのに、あなたのお母さんはこの部屋を突き止めて、本を届けて下さった……なぜそんなことができたのか、いくら考えても分からなかったんです」

　お母さん、という言葉が出た途端、栞子さんが体を硬くした。須崎はそのことに気付いていない様子だった。

「何年か前、一度そちらのお店に行ったことがあります。あなたのお父さんが一人でお店を経営なさっていて……お母さんとは、離婚されたとか」

「……ええ」

　彼女は乾いた声で答える。俺が聞いた話では「いなくなった」だが、夫婦は離婚の手続きを取っていたのかもしれない。

「今は、どちらに」

「……わたしにも、分かりません」

「そうですか……」

須崎はふっとため息をついた。

「住所を突き止めた方法を、お父さんはご存じないようでした。真相が分かることはないだろうと諦めていたんですが……つい十日ほど前、横須賀(よこすか)線に乗っている時、北鎌倉駅からそちらの店が見えたんです。三十年前にお会いした方とそっくりな女性が店の前に立っていて……楽しそうに看板をくるくる回していました」

栞子さんは赤面した。多分、晶穂の家へ買い取りに行った日だろう。裏から車を回してくる間、彼女は店の前で待っていた。そんなことをしていたのか。

「一目で娘さんだと分かりました。ひょっとすると、あの人なら同じことをできるかもしれない、と思ってしまったんです……本当に、申し訳ありませんでした」

そう言って、俺たちに頭を下げる。要するに、当時の状況をできる限り再現して、同じことが起きるか実験したわけだ。

一つ分かったことがあった――栞子さんの母親は、娘と同じように本に関して鋭い洞察力を持っていたらしい。というより、娘の方が母の能力を受け継いだのかもしれない。

須崎の謝罪に対して、彼女はあまり反応を示さなかった。他のことに気を取られている様子だった。

「……三十年前、わたしの母はただ本を届けに来ただけではないですよね」

と、抑えた口調で言った。質問というよりは確認だった。

「それに、須崎さんのお父様は、本を売るためにいらっしゃったのに、途中で突然帰ってしまわれた……特別な事情があったのではないですか？　……『最後の世界大戦』に関係するような」

そういえば、その話がまだ残っている。一瞬、目を瞠った須崎は、口元に微笑を浮かべる。

「やはり、お母さんによく似ていらっしゃる……そうです。本当にお話ししたかったのは、『最後の世界大戦』のことです」

立ち上がった彼は、壁一面に並んだキャビネットの扉を次々と開け放っていった。

「……うわ」

俺は思わず感嘆の声を上げた。ぎっしりと並んでいたのは藤子不二雄の単行本だった。『オバケのQ太郎』『ドラえもん』『怪物くん』『パーマン』等々。一つの作品でも何種類もの版があるようだが、どれも一冊ずつきちんとビニール袋に保管されている。

俺が好きだった『キテレツ大百科』も並んでいた。

　俺が小学生だったら大喜びしていただろう。藤子ファンにとっての楽園だった。

「わたしと父は二人とも藤子不二雄のマンガを集めていまして……ここに並んでいるのは父のコレクションです」

　俺と栞子さんは棚を端から端まで眺めていった。大半はカバーのついた単行本だが、一番下の棚に並んでいる月刊コロコロコミックが異彩を放っている。

「……コロコロも入ってるんですね」

　栞子さんに小声で尋ねる。他に雑誌らしいものは見当たらなかった。

「創刊時の月刊コロコロコミックは、藤子・F・不二雄のマンガを中心に構成されていました。作者からすべての作品の掲載権を委ねられていて、『ドラえもん』を始めとする代表作を一冊で読むことができたんです……ここにあるのは初期のバックナンバーで、古書価がつくものもあります」

　弾んだ調子ですらすらと説明が返ってくる。

「コロコロの創刊号はわたしが子供の頃に出たものですね。わたしは『ドラえもん』ブームの頃にちょうど小学生で、父は藤子不二雄のデビュー当時からの熱烈なファンでした」

俺たちの反応に気をよくしたのか、須崎は明るい声で言った。確かに何十年にもわたって愛されてきたマンガ家だ。親子二代のマニアがいてもおかしくない。

「……そして、これが父が自分の命と同じぐらい大事にしていた一冊です」

キャビネットの奥の方から、古びた単行本を取り出す。ビニール袋で何重にもくるまれているようだった。

「あっ」

栞子さんが腰を浮かせてさっとにじり寄る。そんなに素早く動くところを見るのは初めてだった。

赤い表紙には緑色のロボットと銃を持った少年が描かれている。

その上に『ＵＴＯＰＩＡ　最後の世界大戦』という書名が印刷されていた。

俺も思わず身を乗り出す。ほとんど現存していない幻の本がここにある。一生のうちでそう何度もこの目で見る機会はないだろう。

「……中を拝見させていただいても、よろしいですか？」

少し上ずった声で彼女は言った。

「もちろん。ビブリア古書堂の方に、見ていただきたかったんです」

須崎は慎重にビニール袋の口を開けて、栞子さんに手渡した。小口には多少ヤケはあるが、表紙にほとんど傷らしいものは見当たらない。状態のよさは素人の俺でも分かった。

背表紙には目立つ色で「一三〇エン」と印刷されている。六十年後に何百万円もの価格で取り引きされるようになるとは、この時代の人間は誰も想像しなかったに違いない。

確認するようにゆっくりページをめくっていく。鮮やかな二色のカラー印刷が目を惹いた。奥付を通りすぎ、裏表紙の見開きで彼女の手が止まった。

「……これは」

ビブリア古書堂の店名が入った値札が挟まっていた。『最後の世界大戦』という書名の下には、値段も書きこまれている——「二〇〇〇円」だった。

「……う、うちの店で売ったものだったんですか？」

しかも二千円でだ。栞子さんは値札を手に取り、査定するように目を近づける。

「わたしの、母の字です」

やがて、彼女は苦しげにつぶやいた。

「……この本は、わたしの父が三十年前にビブリア古書堂で買ったものです」

須崎は記憶を探るように、遠い目で話を始めた。

「査定の途中で店を飛び出したのも、この本が原因でした……」

4

「今でこそ古書マンガのコレクターは珍しくありませんが、父が若かった頃、マンガをきちんと保存しておく人はほとんどいなかったようです。あくまでもマンガは子供向けの娯楽で、すり切れるほど読んだら捨ててしまうようなものでした。

父がマンガを集めていたのは、プロのマンガ家になりたがっていたせいだと思います。中高生の頃は、熱心に雑誌にも投稿していたようです。結局はその夢を諦めたんですが、古いマンガのコレクションを手放しませんでした。

若い頃は手塚治虫などの古書マンガも結構持っていたそうですが、値段が高騰して集めにくくなったのをきっかけに、一番好きだった藤子不二雄作品だけに収集の対象を絞ったということです。

古書マンガ収集以外にこれという趣味のない、真面目で無口な人でした。わたしが六つの時に妻……わたしの母親を亡くしてからは、ますます人と付き合いたがらなくなって……たまに他のマニアの方と連絡を取り合ったりするぐらいでしたね。

親子で共通の話題といえば、藤子マンガでした。マンガを取り上げようとする他の親たちとは逆に、むしろこれを読めと薦めてくれるのは嬉しかったですけど、とにかくコレクションの扱いには厳しい人でした。おかげで古書をどう扱ったらいいか、早いうちに知ることができましたが。

そんな父がどうしても手に入れたがっていた一冊が、この『UTOPIA 最後の世界大戦』でした。小学生だった父は、発売直後に買って愛読していたそうですが、ある時親に見つかって捨てられてしまい……買い直そうとしても、どこにも見つからなかったそうです。

わたしが小学生の頃……一九八〇年の夏ですが、この本は初めて古書市場で発見され、東京の古書マンガ専門店が店頭に出しました。新聞にも取り上げられ、マニアの間で話題になったんです。金のない人間に手の出せる金額ではなかったそうですが、せめて自分の目で確かめたいと思ったんでしょう。父はいそいそと出かけていきました。ところが、店に着いてみると、本は何者かに万引きされた後だったそうで……うって変わって陰気な顔で戻ってきました。

恋いこがれた一冊と再会できなかったことがよほどショックだったらしく、それからしばらくの間、父はふさぎこんでいました。あまり飲めもしない酒を、毎晩のように飲んでいましたね。本当にこの本に愛着を持っていたんです。

二週間ほど経ったある日、父は急にドライブに行こうと言い出しました。きっと気分転換したかったんだろうと思います。鎌倉の八幡さまにお参りして、その後横浜まで足を延ばして夕食を取る予定でした。

ビブリア古書堂に立ち寄ったのは、その行きがけのことです。うちは裕福ではありませんでしたから、父は要らない本を売って少しでも夕食代の足しにしたかったんでしょう。箱詰めを手伝った時にちらっと中を見た限りでは、あまり高い本はありませんでしたが。

店の前に車を停めると、カウンターの中にいた女性が顔を上げました。髪の長い、肌の白い人で……娘さんのあなたに話すのも照れくさいですが、子供心にもはっとするような美人でしたね。嬉しそうにわたしたちの方へ走ってきて「買い取りですか」と声をかけてきました。

父がそうだと答えると、店の裏側の駐車スペースに停めるようにその人が言いました……会話の間、わたしは彼女から目を離せませんでした。

父は言われた通りに車を移動させ、一人で本の入った段ボール箱を持っていきました。わたしは待っているように言われたんですが、さっきの女性のことが気になっていました。やっぱり自分も店に行ってみようと、車のドアを開けかけた時、真っ青になった父が戻ってきて、運転席に乗りこんできたんです。むき出しのままの『最後の世界大戦』をシートの横のポケットに置くのを見て、わたしは目を丸くしました。父がずっと探しているマンガだということは知っていましたから、どうしたのと尋ねたんですが、興奮していた父はほとんど口を利いてくれませんでした。

おそらく、父はあなたのお母さんに本の査定を頼もうとして、この本が棚に並んでいることに気付いたんでしょう。値段を見るとたったの二千円……慌てて代金を払い、持ちこんだ本のことをすっかり忘れて飛び出してしまった……そんなところだろうと思います。

まあ、今なら信じられない話ですが、当時は無理もなかったと思います。古書マンガの価格高騰は始まっていましたが、高値が付くのは主に手塚治虫の初期作品で、藤子不二雄に注目する古書店はほとんどなかったそうです。まして、ペンネームも違いますからね。『最後の世界大戦』が幻とされていたのは、その価値に気付く人が少なかったことも原因だったんです。

結局、その日のドライブは中止になってしまいました。父が運転できるような状態ではなかったんですが、なによりも本の代金を払って、懐が寂しくなったんじゃないかと思います。来週連れていくから我慢しろ、と宥(なだ)められましたが、わたしはひどくがっかりして、父に何度も文句を言いました。

さすがに父も気の毒に思ったんでしょう。アパートに戻ってから、『最後の世界大戦』をわたしに手渡しました。先に読んでいいということだったようです。それでも不満げなわたしを残して、父は出かけてしまいました。近くの親戚から車を借りたので、返さなければならなかったんです。

一人きりになって文句を言う相手もいなくなると、結局『最後の世界大戦』を読み始めました。わたしも藤子不二雄の大ファンでしたからね。中身が気になっていたんです。

このマンガの内容をご存じですか？」

不意に昔話が質問に変わった。

「……いいえ」

俺がそう答える横で、栞子さんはかすかにうなずいている。彼女は知っているようだ。一瞬迷った様子を見せてから、須崎は俺に向かって説明を始めた。

「物語は一人の政治犯とその幼い息子が、地下シェルターの実験台にさせられるところから始まります。そこに敵国の新型兵器……すべてを凍らせる氷素爆弾が投下されて、都市全体が凍らされ……親子もその影響で仮死状態になってしまいます。

それから百年が過ぎ、息子だけが救出されて目を覚まします。父親に関する記憶を封印された彼は、なにも分からずに巨大都市ユートピアに連れていかれ、ロボットの力で市民を管理する政府と、それに抵抗する人類連盟との抗争に巻きこまれていきます……。

最初は絵が古い気もしたんですが、読むうちに引きこまれていきました。父がなかなか戻ってこなかったせいかもしれません。後から聞くと、親戚との世間話が長引いただけだったそうですが……わたしも多感な時期でしたからね。このマンガの主人公みたいに、父親と離ればなれになったら、と不安になってきたんです。

このまま『最後の世界大戦』を読み進めるか、いっそ父を迎えに行くか迷っていると、突然チャイムが鳴りました。

ドアを開けたわたしは仰天しました。そこに立っていたのは、さっきビブリア古書堂にいた女性……あなたのお母さんだったんです。

彼女はわたしに住所の一部が書かれた紙を見せて、『これを書いたのはあなたのお父さん？』と尋ねました。わたしが黙ってうなずくと、足下の大きな段ボール箱を指差しました。父が置いてきてしまった本を、わざわざ届けてくれたんです。

本の処分は父に訊かなければ分からなかったので、彼女にはこの部屋で待ってもらうことにしました。ちょうどあなたがいるところに座って、物珍しそうに部屋の中を眺めていましたが……当時からこのキャビネットはあったんですが、なにが入っているか興味を持ったようでした。

扉を開けて見せて欲しい、というので、わたしはちょっとだけだと断って扉を開けました。あまり他人に見せてはいけないと注意されていましたが、父のコレクションの凄さを自慢したい気持ちもありました。

狙いどおり、最初彼女は目を丸くしていました。しかし、藤子不二雄の相当なファンだったようで、並んでいる作品について滔々と語り始めたんです。子供向けの有名な作品はともかく、『劇画毛沢東伝』や『ミノタウロスの皿』のような大人向けのマンガについては、わたしよりもよく読んでいるようでした。

藤子不二雄についてなんでも知っているつもりだったわたしは、不機嫌になりました。今考えると馬鹿馬鹿しいですが、子供ながらに名誉を挽回したいと思ったんでしょうね。読みかけの『最後の世界大戦』を手に取り、胸を張って言いました。

『足塚不二雄って、本当は藤子不二雄のペンネームなんだ。知らなかったでしょう？

……すごく珍しいマンガで、お父さんはこれをずーっと探してたんだよ』

父がこの本をビブリア古書堂で安く買ったことは、わたしにも察しがついていました。とにかく目の前にいる人を驚かせたかった……自分が物知りだというところを、見せつけたかったんです。彼女は確かに驚いたようでした。

『そうだったの……知らなかったわ』

と言って、急に覆い被さるように身を乗り出してきました。互いの距離が縮まって、わたしは痺れたように動けなくなってしまいました。

『色々教えてくれてありがとう』

こう言われたい、という願望そのままの言葉を、彼女は口にしました。わたしは畳に座りこんだまま、ただ顔を真っ赤にしていたと思います。

恥ずかしながら白状します。あなたのお母さんが、わたしにとっての初恋の人だったんです……」

5

須崎は語り疲れたように一息ついた。栞子さんは背筋を伸ばしたまま、身じろぎせずに聞いている。その膝の上には『最後の世界大戦』が載っている。ビニールやカバーの類はかかっていない。

「……さっきあなたがおっしゃった通り、あの方の目的はただ本を届けることだけではなかったはずです。突然飛び出していった父の不審な態度から、その本になにかあると悟り、それを確かめるためにここへいらしたんだと思います。そして、この本が貴重な古書であることを突き止めた……仕事熱心で勘の鋭い方だったんでしょう。今のあなた方と同じように」

ぴくっと栞子さんの肩が反応する。夢から覚めたように、ゆっくりと須崎の方を見る。彼女が今なにを考えているのか、よく分からなかった。

「……母は、このマンガを読んだんですか？」

「ええ……今後の参考にしたいからと言われたので、見せることにしました。まるで目に焼き付けるように読んでいましたね。よほど夢中だったようで、楽しそうに口笛を吹いていました。ちょっとかすれて、あまり上手ではなかったんですけど、それがまた魅力的でした」

俺は笑いを嚙み殺した。変な口笛を吹くのは、親から受け継がれた癖だったらしい。自分もやっていることに気付いていないせいか、栞子さんは関心を示さなかった。

話を聞けば聞くほど、母親は彼女とよく似ている気がする。引っ込み思案ではなさそうだが、娘と同じく仕事熱心な本の虫で、本に関して鋭い洞察力を持っている。きっと仲もよかったはずだ——母親の話題を避けているのは、家を出て行く時によほどのことがあったせいかもしれない。

「父が帰ってきたのはその時でした。彼女は本を届けに来た経緯を説明し、『最後の世界大戦』のことで分からないことがあるので、どうか教えて下さい、と手をついて頭を下げました。ネットなどない時代ですから、古書についての知識を得るには、地道に古書店を回って現物を買うか、詳しい人に訊くぐらいしか方法はありませんでした。父は当時まだ数少なかった藤子不二雄作品の古書マニアでしたから、教えを乞うにはいい相手だったと思います。

それから二人はこの部屋で、ずいぶん長い間あれこれ語っていました。大人同士の話し合いだからと、わたしは追い出されてしまいましたが……」

須崎は心底残念そうに言った。

「父はあなたのお母さんの熱意にほだされたようで……いや、『最後の世界大戦』を安く買ってしまった引け目もあったのかもしれません。もともと持っていた初期作品のコレクションを、だいぶビブリア古書堂に売ったんです。父がコレクションを手放すのは滅多にないことでした」

「どういったものを、お売りいただいたんでしょうか……？」

「わたしもはっきりとは憶えていませんが……今では相当高値がつくものも多かったはずですよ。後で見たら雑誌の別冊付録だった『三人きょうだいとにんげん砲弾』や『恐怖のウラン島』なんかも、この棚からなくなっていましたし」

「お父様は雑誌や別冊付録も、かなりお持ちだったんですか？」

「ええ……その頃、父のコレクションの多くを占めていたのは雑誌の類でした。その後は単行本が中心になりましたけど」

須崎は立ち上がり、キャビネットから手近な単行本を抜き出す。『仙べえ』という題名のマンガだった。

「ここにあるマンガは、わたしのコレクションと結構かぶっているんです。父の形見のようなものですから、『最後の世界大戦』を手放すわけにはいきませんが……この棚にあるそれ以外のマンガを、ビブリア古書堂にお売りしたいと思っているんです。値段はそちらの言い値で構いません」

「えっ」

ようやく栞子さんの表情が動く。須崎は照れ笑いを浮かべていた。

「ここまで本を届けさせたお詫びと、三十年前に『最後の世界大戦』を売って下さったことへのお礼です。藤子・F・不二雄の全集が刊行されて、古書価が下がりそうなものもありますが……藤子不二雄ランドも初版で全巻揃っていますし、虫コミの初版も結構ありますよ。この『仙べえ』もおつけします。どうでしょうか？」

須崎の口にしたマンガの価値はよく分からなかったが、うちの店にとって相当にいい買い取りだということは伝わってきた。

おそらく、本当にコレクションを売りたい相手は、初恋の女性である栞子さんの母親だろう。そうすることができないので、母親の資質を受け継いだ娘に売ろうとしているのだ。

しかし、肝心の栞子さんは返事をしなかった。思いつめたような表情で、唇に拳を当てて考えこんでいる。

「……栞子さん」

俺が声をかけると、彼女は我に返った。

「は、はい……ありがとうございます。ぜひ、買い取らせて下さい……この場ではお預かりだけで、後ほど、査定額をご連絡する形でも、よろしいですか？」

「ええ、いいですよ……それと、ここに届けて下さった本も、一緒に査定してもらってもいいですか」

「かしこまりました……」

ライトバンまで運ぶのは当然俺ということになる。確かビニール紐とカッターがダッシュボードに入っていたはずだ。取りに行こうと立ち上がりかけた時、

「見せていただいて、ありがとうございました……とても、勉強になりました」

栞子さんは須崎に『最後の世界大戦』を手渡した。

「うちでお買いになった時と同じ状態で、保存してらっしゃるんですよね？」

「だと思いますよ。父はビニール袋に入れただけです。状態も三十年前とほとんど変わらないんじゃないかな」

「そうですか……あの、三十年前にうちへ本をお持ちになった時ですけど……段ボール箱をどこから出しましたか？」

「え？」

唐突すぎる質問に、須崎は怪訝そうな顔をする。俺は無言で彼女の横顔を見やった。あまり化粧気のない肌が、いつもよりいっそう白く感じられる。

「どうだったかな。はっきりとは……待てよ、押し入れですね。どうでもよさそうな

本が放りこまれていた箱がいくつかあったので、その一つをわたしが引っ張り出して、本棚に並んでいた本を足していったような……それがどうかしたんですか？」

「いえ……その、ささいなことですけど、ちょっと気になったので……」

訥々（とつとつ）とした口調で答えを濁した。それ以上説明するつもりはないようだった。

「お父様は、わたしの母について、なにかおっしゃっていましたか？」

須崎は記憶を探るように目を上げた。窓から差しこんだ西日が、部屋の明暗をくっきり分けている。そろそろ明かりを点けた方がいい時刻だった。

「特にこれといって……さっきも言いましたけど、無口な人でしたから。あ、でも、ずいぶん後になって、酒を飲んでいる時に妙なことを言ってましたよ。確か……ビブリア古書堂のあの店員は、何とかの第三者だから、どうとか」

杖を握ろうとしていた栞子さんの手が一瞬止まった。

「……ひょっとして、『善意の第三者』、でしょうか」

「ああ、多分それだったと思います。どういう意味なんですか？」

彼女は弱々しく微笑んだだけだった。

大量の古書マンガをライトバンに積み終えて、須崎のアパートを出発した時には、日暮れが近づいてきていた。もう行き交う車もヘッドライトを点けている。

本を届けるだけだったはずが、意外に時間がかかってしまった。

「店に戻ったら、査定ですか」

「そうですね……今日中に終わらせた方がいいと思います」

金額の連絡は明日でも構わないと須崎は言っていたが、栞子さんは仕事を先延ばしにするつもりはないようだった。

仕事への責任感は親譲りかもしれない。車を運転しながら、俺は彼女の母親について考えていた。須崎の話を聞く限りでは、決して不快な人物ではない。というより、もう一人栞子さんがいるだけだ。善意がどうとか言われていたぐらいだから、少なくとも悪意を他人に振りまいていたわけではないのだろう。

赤信号の手前でライトバンを停め、ちらっと助手席を窺った。彼女は膝の上で小さな紙をいじくっている。薄暗い車内でも「二〇〇〇円」の文字が読み取れた。

あの『最後の世界大戦』の値札だった。

「それ、持ってきたんですか？」

「須崎さんの許可はいただきました」

手元を見つめる彼女の瞳には、今までにない厳しいものが宿っていた。怒っていると気付くまで、少し時間がかかった。

「これは回収しないと、いけなかったんです……こんな値札を付けるなんて、信じられない……」

語尾がかすかに震える。二千円という金額のことを言っているのだろうか。

「もう、昔の話じゃないですか。値付けに失敗したからって……」

「値付けの話なんてしていません。これはそういうことではないんです」

「……どういうことなんですか？」

「母の話なんてしたくありません！」

叫び声が車内に響いた。その声に驚いたのは、俺よりもむしろ彼女自身のようだった。力を使い果たしたように、ぐったりとシートに背中を預ける。

「ごめんなさい……でも、話したところで、大輔さんも嫌な思いをするだけだと思います……わたし、母のことは、思い出したくないんです」

信号が青に変わったので、アクセルを踏む。俺たちは大船にある植物園のそばを通りすぎるところだった。営業時間の終了を告げる園内放送がかすかに響いてくる。

「話したくないことは、話さなくていいです」

と、俺は言った。

「でも、思い出したくないっていうのは、忘れられないってことじゃないですか……もし、そういうことを話したくなったら……その、いつでも聞きますから」

「どうしてですか？」

　彼女は首をかしげていた。ストレートに質問されると、こっちが困る。

「な、なんていうか……だから、あなたのことを、よく知りたいんです」

　告白ですらない言葉を口にしただけだったが、それでも気恥ずかしくなった。彼女の顔を見ずに運転していると、低いささやきが耳に入った。

「人のいないところに、行って下さい」

「え？」

「静かなところで、二人だけで、話したいんです」

　そう言ったのが他の誰かだったら、別の意味に取ったかもしれない。しかし、この人に限っては、言葉通りの意味だった。

「……海でいいですか」

「はい」

　陸橋を渡ったところにある交差点を曲がって、柏尾川（かしおがわ）沿いの道路を南西に向かった。このまま進めば海岸沿いの国道に出る。この季節、この時間帯なら、誰も人のいない場所もあるだろう。

「そういえば、気になってたんですけど」

沈黙が続くのも気詰まりだったので、俺は口を開いた。

「『最後の世界大戦』って、続きはどうなるんですか？　記憶をなくした主人公が、なんか戦いに巻きこまれるってところまでしか聞いてないんですけど」

「……政府はロボットの力を借りて、人々を弾圧しているんですが、それに人類連盟という組織が抵抗しているんです……ところが、その戦いの過程でロボットが自我を持ち、人類そのものに反乱を起こすんです」

いつもより遅いテンポで、嚙みしめるように説明を始めた。

「人類は団結して戦いますが、ロボットたちの圧倒的な科学力の前に敗れ去り、ついには滅亡寸前にまで追い詰められます。死を目前にした主人公は記憶を取り戻して、最期の時を迎えるために、父親の眠るシェルターへと走っていくんです。

この物語の主軸は人類へのロボットの反乱ですが……わたしは、親を失った子供の、放浪の物語でもあると思うんです……」

俺は須崎のことを思い出していた。本当に親を失った彼にとって、あの本は今まで以上に深い意味を持つはずだ。きっと『最後の世界大戦』を読むたびに、父親のことを思い出すのだろう。

「……最期の時に、もう一度会いたくなるような親がいるなんて、羨ましいです」

長い沈黙の後で、彼女は外を見ながらつぶやいた。

6

江ノ電の鎌倉高校駅を通りすぎ、踏み切り近くの駐車場に俺はライトバンを停めた。無言のまま歩いて道路を渡り、防波堤の階段から七里ヶ浜の海岸に降りる。波と同じ高さに立つと、黒々とした海が急に大きくなった気がした。

すっかり日は沈んだ後で、小動岬の向こうに明かりの灯った江ノ島が見える。沖合には船影もなく、穏やかな夜の凪がずっと先まで続いていた。

波打ち際ぎりぎりまで歩いていき、栞子さんは足を止めた。俺たちの周囲に人影は見当たらない。ここならなにを話しても、聞かれる心配はなさそうだった。

「……大輔さん」

冷たい潮風に、彼女の黒い髪が躍った。杖を握っていない左手でかき上げた時、まだ例の値札を握っていることに気付いた。

「わたしの母が『最後の世界大戦』について、本当になにも知らなかったと思いますか」

「え……？」

質問の意味がよく分からなかった。

「わたしは古書全般……古書マンガについての知識も、すべて母から教えこまれたんです。母はうちの店で働き始める前から、古書についてだいたいのことを知っていたと言っていました。うちにも少しだけ古書マンガの棚があるのは、母が買い取りを始めたからなんです。二千円で売るなんて、考えられません」

「でも……その値札には二千円って書いてあるじゃないですか」

「そもそも、この値札も不自然だと思いませんか。函のない本なのに、値札が糊付けされていません」

「あ……」

そういえば、ビブリア古書堂では函のない本には値札を貼る決まりになっていた。

「剝がしたんじゃないですか、買った後に」

「値札にも本にもまったく跡を残さずに剝がすのは難しいです。それに、あの本にはパラフィン紙がかかっていませんでした……うちでは古い本にはそうする決まりになっているでしょう？」

俺はうなずいた。今日、やったばかりの仕事だ。

「須崎さんは三十年前と同じ状態で、保存してあるとおっしゃっていました。父親が車に戻ってきた時も、本はむき出しの状態だったと……わたしは、この本がうちの店の棚に並んでいたとは、どうしても思えないんです」

「じゃあ、一体どういうことなんですか？」

わけが分からなかった。うちの店に並んでいなかったなら、須崎の父親に買えるはずがない。

「うちの店で売られていなかったのなら、本の出所は一つしかありません。須崎さんの父親が持ちこんだ本の中に『最後の世界大戦』が混じっていたんです」

「はあ？」

俺は目を丸くした。ますます話が見えなくなってきた。

「じゃあ、うちから買ったんじゃないってことですか？」

「わたしはそう思っています。うちに来る前からお持ちだった本が、不要な本を入れる段ボール箱に、うっかりまぎれてしまったんです。須崎さんの話をよく思い出してみて下さい。あの方は父親が『最後の世界大戦』を買ったところを見ていません……あの本を抱えて駆け戻ってきた姿を見ただけです」

「でも、ずっとあの本を探してたんですよね？　それも嘘だったってことですか？」

「それは本当でしょう……おそらく、手に入れたのはうちの店に来る何週間か前のことです……でも、それを隠さなければならない事情があったんです」

栞子さんは沖合を見つめている。

ふと、須崎の話が頭をよぎった。何週間か前――そういえば、最初に発見された『最後の世界大戦』が、東京の専門店で売られていたので、父親はそれを見に行ったと言っていた。見に行くだけではなく、買ったということだろうか。いや、あの話には続きがあった。

（店に着いてみると、本は何者かに万引きされた後だったそうで）

薄ら寒いものが背筋を這い上がってきた。

「まさか……」

その説明が本当だったとは限らない。『最後の世界大戦』を万引きしたのが、須崎の父親だとしたら――それが栞子さんの推理なのだ。

「今となってはなんの証拠もありません……これから話すことは、すべてわたしの憶測です」

そう前置きして、押し殺した声で話を続けた。

「須崎さんの父親は東京まで『最後の世界大戦』を見に行きました。子供の頃から恋いこがれていた幻の一冊が、目の前のショーウィンドーに飾られている……衝動的に手を出してしまったとしても、同情の余地はあると思います。

もちろん、彼は強い罪の意識に苛まれました。暗い顔で戻ってきて、何週間もの間、ずっとふさぎこんでいて、お酒を飲んでも気分が晴れませんでした。

とにかく、気分転換に息子とドライブに出かけようと計画します。途中で要らない本を売り、少しでも食事代の足しにしようと考える……それが仇になってしまったんです。

彼は盗んできた本を、押し入れの段ボール箱の底に仕舞いこんでいたはずです。他のコレクションとは一緒にできませんから……ところが、本の整理を手伝っていた息子が、その箱にうちに売る本を入れてしまったんです。彼は気付かずにビブリア古書堂に段ボール箱を持ちこみ、わたしの母に査定を依頼します。

母が『最後の世界大戦』を箱から出すのを見て、きっと心臓が止まるほど驚いたことでしょう。間違いなく母はあのマンガの価値に気付いたでしょうし、あるいは最近盗難にあったことも指摘したかもしれません。

とにかく、取り乱した彼は大事なコレクションを抱えて、他の本を置きざりに店を飛び出して逃げ帰ります。買い取り票に書いたのは住所の途中までですし、名前も電話番号も知られていません。乗っていた車も自分のものではない……よほどのことがない限り、身元の分かるおそれはないと安心したはずです……」

しかし、ビブリア古書堂にいたのは、並外れた洞察力を持つ女性だった。まさに「よほどのこと」が起こってしまったというわけだ。

「あれだけの手がかりがあれば、住まいを探し当てる程度のことは、母にとって造作もありません。おそらく、職業や趣味、学歴や家族構成なども察しがついていたでしょう」

「どうやって分かるんですか、そんなこと」

「持っている本を見れば、持ち主の人となりはだいたい分かる、というのが母の口癖でした。一種のプロファイリングみたいなもので……信じられないぐらいよく当たるんです。あそこまでできる人は他にいないと思います」

「栞子さんでも、できないんですか？」

「もちろん、わたしにもできません」

彼女が即答したことに驚いた。この人よりも本に関して頭の切れる人間など、想像がつかない——少し不気味ですらある。

「もっとも、あのアパートに着いた段階では、あの『最後の世界大戦』が盗品だとはっきり分かっていたわけではないと思います。

確信したのは須崎さんと話をした時でしょう。本の出所を誤解されていましたが、あの方の話には重要な情報が含まれていました。父親が長年『最後の世界大戦』を探し続けていた藤子不二雄マニアで、どこからあの本を手に入れたのか、息子にも秘密にしている……『色々教えてくれてありがとう』というのは、そういうことだと思います」

今日聞いた話の数々が、まったく違う意味を帯びてきた気がした。栞子さんの推理がすべて正しいとすると、彼女の母親が口にした皮肉めいたお礼に、須崎は心を奪われていたことになる。なんともやりきれない話だった。

「じゃあ、須崎さんの父親に頭を下げたっていうのも……」

「あの本のことで分からないことがある、教えて欲しいというのは、単に洗いざらい白状しろという脅しでしょう。わざわざ須崎さんを外に出して、二人だけで話を始めたのは、子供に聞かせられる話ではなかったからです。

警察に通報するか自首を勧めて、あの本を持ち主のもとに返却するのが、まともな解決方法です。でも、母はそういう人ではありませんでした」

「……どういう人だったんですか？」

つい質問が口をついて出てしまった。栞子さんは血の気のない唇をぎゅっと噛みしめる。

「その、無理に話さなくてもいいですけど……」

慌てて付け加えると、彼女は首を横に振った。

「いいえ、大丈夫です……わたしの母は、とても頭のいい人でしたけど……無邪気に残酷な真似をしてしまうようなところがありました。まるで遊んでいるみたいに、後ろ暗い売り買いでも平気でやってしまうんです。この時も、きっととても厳しい要求を突きつけたんだと思います」

「……『最後の世界大戦』を渡せ、とかですか」

「それも当然考えたでしょう。でも、そうやって手に入れたところで、今度は売ることが難しくなります。盗品と分かっていて売買すれば、罪に問われますから……だから『最後の世界大戦』の件を黙っている代わりに、他のめぼしいコレクションを要求したんです」

「えっ？」

「今日いただいてきた単行本もそうですけど、あの部屋に並んでいたコレクションには、あまり古いものはありませんでした。どれも一九八〇年にはまだ出版されていなかったか、古書価がほとんどつかなかったものばかりです。

当時でも一部で注目されていた初期の作品……特に雑誌やその別冊付録を、須崎さんの父親はかなり持っていたようです。一九六〇年代までは、月刊マンガ誌の付録として別冊のマンガがつくのが普通でしたから、デビュー当時からのファンであれば当然でしょう……おそらく、母はそれらをすべて引き取っていったんです」

「……タダで、ってことですか」

「そこまでは分かりません。とにかく、須崎さんの父親は抵抗したはずです。めったにコレクションを手放さなかったという話だったでしょう？　……そこで、説得の切り札として、母はこれを書くことにしたんだと思います」

彼女は「二千円」の値札を俺に見せた。少し強くなってきた風に、紙片がはためいている。俺はしばし考えこんだ。

「書くことにしたって……じゃあ、後から書いたんですか？」

「ええ。須崎さんは、自分の父親があの本をうちの店で買ったと誤解なさっていました。母はその誤解を嘘に発展させて、万が一、盗まれた『最後の世界大戦』を持っていることが知られても、罪に問われないように取りはからうと持ちかけたんでしょう。

この値札は、そのための小道具だったんです」

「小道具って……そんなことできるんですか？」

「大輔さんは『善意の第三者』の意味をご存じでしたか？」

「……いいえ」

言葉の響きから、なんとなく善人めいたイメージを抱いていた。

「これは法律用語なんです」

「法律用語？」

「ええ。例えば、うちのような古書店に盗品が持ちこまれたとします。そうとは知らずに買い取って、他の客に売ったとしても、基本的に罪には問われません。当事者間の特定の事情を知らない第三者……それを民法上では『善意の第三者』と呼ぶんです。この値札は、わたしの母や須崎さんの父親が『善意の第三者』であるという状況証拠になりえます」

俺は首をかしげた。頭のなかで整理しようとしたが、うまくいかなかった。

「すいません、もう少し分かりやすく……」

「もしこの値札が本物だと見なされた場合、『最後の世界大戦』をうちに売った人間が他にいることになります。同時にこの二千円という金額は、わたしの母が本の価値に気付かなかった……つまり、盗難された高額な古書だと知らずに売買したことを示しています。

要するに、わたしの母は自分たちとは無関係な架空の犯人を作り上げたんです。なにも知らずに犯人から安く買い取り、それを売ってしまったという筋書きにすれば、法的には誰も罪を問われなくなります」

狐（きつね）につままれたような気分だった。一応、話はなんとなく理解できる。被害者が損害を請求できる相手は、基本的に犯人だけということだろう。

「そんなにうまくいくもんなんですか？」

「そうとは限らないでしょうね。善意の第三者であっても、盗品の返却義務が生じる可能性はありますし……でも、母はそんなことをいちいち説明しなかったと思います。要は須崎さんの父親を説得できればよかったんですから……いずれにせよ、今となっては時効が成立しています」

彼女は左手と歯を使って、値札をびりっと引き裂いた。そして、そのまま夜の海に飛ばしてしまう。紙片は砕けた白い波に呑まれて、あっという間に見えなくなった。

「わたしの母がどういう人間か、これで分かったでしょう？　古書に詳しい、頭の切れる、得体の知れない人です……十年前に姿を消したきり、連絡もありません」

不意に話が核心に触れた。俺は緊張を鎮めようと、深く息を吐いた。

「……書き置きとか、なかったんですか」

「ないと思います……わたしには、本を一冊残していきましたけれど」

栞子さんは力なく笑った。

「本？」

「大輔さんも知っていると思います……坂口三千代の『クラクラ日記』です」

彼女の部屋で見かけたことがある。確か、坂口安吾の未亡人によるエッセイ集だったと思う。その後で均一台に出したのだった。

「それを均一台で売ったんですか？」

「いいえ、あれは母が置いていったものではありません……母はわたしにはよく本を贈ってくれました。自分の気持ちを本に託すのが好きだったんです。残された『クラクラ日記』を見た時、すぐに母がなにをしたのか分かりました」

「……なにをしたんですか」

そう質問することを、求められている気がした。

「他に好きな人ができたんだと思います。『クラクラ日記』には、著者が幼い娘を家に残して、安吾のもとへ走る記述があるんです」

　重い沈黙が海岸に流れる。以前、『クラクラ日記』を好きではないと言った理由が、ようやく少し分かった気がした。

「さっき、わたしがどうして須崎さんに、本当のことを打ち明けなかったと思いますか」

　栞子さんはまだ沖合の暗闇を見つめている。雲の多い、星のない夜だった。海の上を照らすものはどこにもなかった。

「今となっては証拠はないし……それに、あの人の思い出を壊さないようにするためじゃないですか」

　しばらく考えて、俺は答えを口にした。父親は貴重な古書を盗んだ犯人で、初恋の相手はそれに付けこんで別の古書を買い取っていった——こんな「本当のこと」を知りたがる人間がどこにいるだろう。

「それもありますけど、もっと大きな理由があります……」

　一瞬、彼女は口をつぐむ。強く歯を食いしばるのが分かった。今にも泣き出しそうな表情に見える。

「すべてを打ち明けたら、古書マンガを売って下さらないな、と思ったからです……結局、わたしも三十年前の母とやっていることは大して変わりません。『最後の世界大戦』に釣られてアパートを訪ね、別の古書マンガを安く持ち帰ってくる……母のことを責める資格なんか、本当はありません。須崎さんがおっしゃっていた通り、母とわたしは似ているんです……」

ひときわ冷たい風が、陸から海へと吹いていった。彼女は細い体をぎゅっと縮める。少し震えている肩に、俺はほとんど無意識のうちに腕を回そうとした。

「……わたし、一生結婚しないつもりです」

突然すぎる宣告に、俺の動きが止まった。一体、なにを言い出したんだろう。

「どなたかと結婚して、どんなに幸せな家庭を築いても、いつか母みたいに、家族を捨ててしまうかもしれない……そうしないという、自信がないんです」

多分、この人は俺のことを異性として意識していない。そのことは分かっているが、なぜか遠回しに拒絶された気がする。この風変わりだが生真面目な人が、結婚を前提とせずに誰かと付き合うとは思えない。

「そろそろ、帰りましょうか、大輔さん」

もう彼女の声は普段と変わりがなかった。杖を使って少しずつ体の向きを変え、階段へと歩き出す。

「話を聞いて下さって、ありがとうございました……少し、すっきりしました」

俺の方はすっきりとはほど遠い、重苦しい気分だった。とにかく、彼女のすぐ後ろについていった。

「『最後の世界大戦』って、どういう結末なんですか」

長い黒髪の広がる背中に尋ねる。この場で口にしてもいいことを、それぐらいしか思いつかなかった。

「……主人公は、地下のシェルターに辿り着きます。動かない父親に抱きついて、二度と離れないことを誓うんです……しかし、シェルターにロボットの一体が侵入し、主人公を殺そうとします」

足下を見つめながら、彼女は歩調に合わせるように、ゆっくりと説明する。

「すると、今度は父親が目を覚まし、ロボットを撃ち倒すんです。一方、地上を制圧しようとしていたロボットたちは、放射能の影響で電子頭脳が狂い、同士討ちで全滅していきます。再会を果たした親子が、戦いの終わった地上に姿を見せるところで、物語は終わりです」

「……いい結末だ」

俺は素直な感想を口にした。

「そうかも、しれませんね」

しばらくしてから、彼女はため息混じりにつぶやいた。

どこから飛んでくるのか、店の前の道路に枯れ葉が目立つ。週に一度は掃き掃除をしているのだが、しばらくは毎日やった方がいいかもしれない。

俺は均一台と看板を店の中に戻し、「営業中」のプレートを裏返して「準備中」に変えた。どこかでカラスの鳴き声が聞こえる。

ビブリア古書堂は閉店の時刻だ。店の中に戻ると、栞子さんは現金をジッパー付きの袋に入れ終えたところだった。

「お金、金庫に仕舞ってきます。電気も消しておいて下さいね」

てきぱきと指示を与えて、母屋へと入っていく。ドアを開けた時、かすかにカレーの香りが漂ってきた。篠川家の今晩の夕食だろう。

一人になると急に店が広くなった気がした。一人で店番をやっていた夏の間は、これが普通だったのだが。

藤沢まで古書マンガの買い取りに行ってから、もう二週間ほど経つ。ようやく彼女は元気を取り戻してきたようだ。

買い取った本の一部は通販で売り、残りは古書業者が本の取り引きをする古書市場に出品した。人気のある単行本が多かったせいか、かなりの古書店が入札に参加し、最終的に神田神保町の老舗が落札した。もう今頃は別の藤子不二雄マニアの部屋に、コレクションとして収まっているかもしれない。

カウンター以外の明かりをすべて消し、ショーウィンドーの蛍光灯の電源コードも抜いた時、栞子さんが戻ってきた。

杖を嵌めていない腕に大きな紙袋を提げ、湯気の立つマグカップを持っている。よほどの重さがあるのか、腕が小刻みに震えていた。

「あの……受け取っていただけますか」

「あ、はい」

言われた通りにマグカップと紙袋を取って、カウンターの上に置く。紙袋にはハードカバーの本がぎっしり詰まっている。カップの中はインスタントコーヒーのようだった。

「本の方は明日の朝、均一台に出して下さい……コーヒーの方はよかったらどうぞ。

今日もお疲れさまでした」

「ありがとうございます」

大きなマグカップから、俺は一口コーヒーを飲んだ。栞子さんはにこにこしながら見守っている。一人で飲んでいると、なんとなく落ち着かない。

「ミルクと砂糖も奥にありますけど……ブラックでよかったですか？」

「ええ」

と、俺はうなずいた。それはどっちでも構わないのだが。

「あの、栞子さんの分は？」

「あ」

彼女は口に手を当てる。飲みたくないわけではなく、忘れていただけらしい。

「わたしの分も淹れてきます。ちょっと待っていて下さい」

「いや、あの」

いそいそと奥へ行こうとする前に、俺は声をかけた。行って戻ってくるのでは、時間がかかるだろう。

「俺が口を付けたのでよければ、一緒に飲みませんか。これ、結構量ありますし」

彼女は少し考えてから、こくりとうなずいた。

「すみません……わたしもいただきます」

カウンターの角にカップを置いて、俺たちは代わる代わるコーヒーを飲んだ。最近、たまに仕事上がりにこうして飲み物を持ってきてくれる。

「あ、そうだ。今日、よかったら大輔さんも夕食食べていきませんか」

突然思い出したように彼女が言った。

「今、奥で妹がカレー作ってるんですけど、二人だといつも余っちゃうんです」

「え？　いいんですか？」

ここで働き始めてから三ヶ月ぐらい経つが、こういう申し出は初めてだった。

「チキンカレーでよろしければ……」

「いただいていきます……うちもいつも鶏ですよ」

「あ、うちもそうなんです。外で食べる時は他のカレーも食べるんですけど」

この前、七里ヶ浜の海岸で話してから、彼女をより身近に感じるようになった。母親のことを色々聞いたせいかもしれない——ついでに、誰とも一生結婚しないという決意まで聞く羽目になったが。

ぽつぽつと世間話をしながら、俺は何気なく紙袋から本を出してカウンターに積んでいった。例によって彼女が自分の部屋から持ってきたものらしい。

（……ん？）

　見覚えのある背表紙が混じっていた。坂口三千代『クラクラ日記』。しかも三冊。前にも五、六冊売ったはずだが。空になった紙袋を畳んでいる彼女と目が合った。

「『クラクラ日記』、他にも持ってたんですか？」

「買ったんです」

「買った？」

　と、俺は聞き返した。姿を消した母親が残していった本で、好きではないと言っていたのに。

「なんで買ったんですか？」

「……秘密です」

　形のいい唇に微笑みが浮かぶ——いや、苦笑かもしれない。俺はコーヒーをもう一口飲んだ。これ以上尋ねれば、ただの詮索になりそうだ。

（でも……）

　このところ、俺はよく考えていた。

　誰かのことを深く知ろうと思ったら、詮索めいたこともせざるを得ないんじゃないか。なにもせずにただ見守っていたら、今ある関係もなくなってしまうかもしれない。

そういう経験が俺に一度あったはずだ。

俺はマグカップを静かに置いた。

「その秘密、当ててもいいですか」

続けてコーヒーを飲もうとしていた栞子さんが、眼鏡の奥で目を瞬かせた。言わない方がよかったかな、とちらっと思った。今さら取り消すこともできないが。

「……当てるだけですか？」

と、彼女は首をかしげる。

「は？」

「いえ、あの……そういうのって、当たった時や、外れた時の、条件があるものじゃないかなって……」

この話題を持ち出したことを嫌がっているわけではないらしい。条件なんてものが出てくるとは思っていなかった。

「あー……それじゃ、そうだな……」

俺はうろたえていた。とっさに気の利いた「条件」など思いつくはずがない。

「……今度の休日、どこかに出かけませんか？　栞子さんの好きなところに車出しますけど」

我ながら見え透いた申し出だった。誰がどう聞いてもデートの誘いだ。そもそも、賭けとして成立してるんだろうか――。

「はい。では、それで」

意外にあっさり条件を呑んだので、俺の方が逆に驚いた。

「あの、いいんですか？」

「ええ、こちらこそ。怪我をしてから古書店を回れなくて、ずっと困ってたんです……どのお店に行ってもいいんですよね？」

むしろ彼女の声は弾んでいた。行き先は完全に古書店限定らしい。デートだとは毛ほども思っていないようだ。

それはそれでいいか。俺は咳払いをした。

「……質問をしてもいいですか？」

こめかみに指を当てながら尋ねる。実は薄々見当はついているのだが、確かめたいことがいくつかあった。

「答えられる範囲でしたら」

「お母さんの置いていった本は、どうしましたか？」

「……処分しました」

「結局、栞子さんに宛てた書き置きはあったんですか？」

一瞬、彼女は目を瞠った。俺が真相に近づいていることに気付いたのだろう。

「……分かりません」

「分からない？」

「以上で質問は締め切りです」

いたずらっぽく栞子さんは笑った。あれほど嫌がっていた母親の話なのに、普段よりいきいきしているように見える。解き明かすのが自分でないとしても、本にまつわる謎の話をするのが好きなのかもしれない。

まあ、その点については、俺も似たようなものだ。

「答えは出ましたか？」

頭の中で今まで得た情報を整理してみる。だいたい答えは絞られた気がした。推理するというより、篠川栞子という人物を理解するという感覚だった。

「お母さんが残していった『クラクラ日記』を処分したんですよね」

「ええ」

「でも、捨てたとは言ってません」

俺は話を続けた。ここからが本題だ。

「古書市場に出した本の中に、紛れこませたんじゃないですか？　市場まで持っていったのは、その頃店を経営していたお父さんだった。だから、どこの古書店に流れていったのか、分からなくなってしまった……」

彼女は黙って耳を傾けている。今のところは間違っていないらしい。

「栞子さんはずっとその本を捜しているんです。ひょっとすると、どこかの古書店で売られているかもしれない……ここにあるのは通販で買った古書ですよね。それらしいものを見つけるたびに注文して、中身を確認して、違うと分かると均一台で売る……だから、同じ本がこれだけ溜まってるんです」

もうコーヒーから湯気は立っていない。栞子さんは間を取るようにそれを一口飲んだ。

「……一度手放した本を、どうして捜していると思いますか？」

「たった今、自分で答えたでしょう。『書き置きがあるかどうか、分からない』って。栞子さんはお母さんの本を見た時、どういう気持ちが本に託されているか分かったと思った……だから、読まないで処分してしまったんです。

　でも、後から思ったんじゃないですか。ひょっとすると、本の中に直接自分宛てのメッセージが書きこまれていたかもしれないって。あなたはそれを確かめようとしてるんです」

店の中が静まり返った。俺は黙って栞子さんの答えを待つ。

この人は母親と自分が似ていると言っていた。それでも、なにを考えているのかすべてが分かるはずがない。だからこそ、母親の置いていった本を取り戻し、自分の目で確かめたいのだろう。

「……横浜に、前から行ってみたいと思っていた古書店があるんです」

俺の顔を見ずに、彼女がつぶやいた。

「今度の休日、連れていって下さい」

参考文献（敬称略）

坂口三千代『クラクラ日記』（文藝春秋）
アントニイ・バージェス『時計じかけのオレンジ』（ハヤカワ文庫NV）
アントニイ・バージェス『アントニイ・バージェス選集2・時計じかけのオレンジ』（早川書房）
アントニイ・バージェス『時計じかけのオレンジ　完全版』（ハヤカワepi文庫）
Anthony Burgess『A Clockwork Orange』（W. W. Norton & Company）
国枝史郎『完本　蔦葛木曽桟』（桃源社）
福田定一『名言随筆　サラリーマン　ユーモア新論語』（六月社）
福田定一『サラリーマンの金言』（六月社）
司馬遼太郎『豚と薔薇』（東方社）

司馬遼太郎『司馬遼太郎全集』（文藝春秋）
産経新聞社編『新聞記者　司馬遼太郎』（扶桑社）
半藤一利・山折哲雄ほか『司馬遼太郎がゆく』（プレジデント社）
藤子・F・不二雄・藤子不二雄Ⓐ『UTOPIA　最後の世界大戦』（小学館クリエイティブ）
藤子不二雄Ⓐ・藤子・F・不二雄『二人で少年漫画ばかり描いてきた』（日本図書センター）
藤子・F・不二雄『ミラ・クル・1　宙ポコ／宙犬トッピ』（小学館）
藤子・F・不二雄大全集編集部編『Fの森の大冒険』（小学館）
まんだらけ出版部編『まんだらけZENBU50』（まんだらけ出版）
古川益三『まんだらけ風雲録　幻のマンガを求めて…』（太田出版）

あとがき

前巻のあとがきでも触れましたが、この小説で北鎌倉(かまくら)を舞台に選んだのは、イメージに合っていたことと、ぼくにとって馴染(なじ)みのある土地だったからです。

三年間、ぼくは北鎌倉にある県立高校に通っていました。大船(おおふな)駅からバスで行くか、北鎌倉駅から急な坂を上がっていき、山の斜面に造成された住宅地を通りすぎると、コンクリートの校舎が現れます——こう書くとお分かりの方もいらっしゃると思いますが、主人公の大輔が通っていた高校のモデルはぼくの母校です。

高台のせいか見晴らしのいい学校で、晴れた日には海が見えました。

前巻の発売以来、嬉しいことにたくさんの感想をいただいていますが、主人公の母校をずばり指摘された方がいらっしゃって、ぎょっとしたことがあります。まさにその高校を卒業されたようで、ぼくの先輩か後輩にあたる方なのでしょう。遅刻寸前で山道を駆け上がるのがどんなに苦しいか、きっと嫌というほどご存じのはずです。

この物語では実在するものとそうでないものが混在しています。これも前巻のあとがきに書きましたけど、扱っている古書はすべて実在しているものです。また、鎌倉近辺の地名も、現実のものをそのまま使っています。

主人公たちが出入りする施設や店舗には、モデルが存在するものもあれば、そうでないものもあります。主人公の母校もそうですけど、この地域に詳しい方には意外とばれてしまうようです。

ただし、登場人物に関しては完全なフィクションで、彼らのような人物がどこかに住んでいるわけではありません。このあたりについては、ぼくの中ではわりと明確に線引きができています。

前巻に引き続き調べなければならないことが多かったんですが、鎌倉市の公文堂書[illegible]め、取材に協力して下さった皆さん、本当にありがとうございました。[illegible]の皆さんにも感謝の意を。物語はようやく本編というところです。次巻[illegible]れば嬉しいです。

三上延

三上 延

著作リスト

ビブリア古書堂の事件手帖～栞子さんと奇妙な客人たち～（メディアワークス文庫）
ビブリア古書堂の事件手帖2～栞子さんと謎めく日常～（同）
ダーク・バイオレッツ（電撃文庫）
ダーク・バイオレッツ2 闇の絵本（同）
ダーク・バイオレッツ3 常世虫（同）
ダーク・バイオレッツ4 死者の果実（同）
ダーク・バイオレッツ5 針の小箱（同）
ダーク・バイオレッツ6 常世長鳴鳥（同）
ダーク・バイオレッツ7 神の書物（同）
シャドウテイカー 黒の彼方（同）
シャドウテイカー2 アブサロム（同）

シャドウテイカー3　フェイクアウト（同）
シャドウテイカー4　リグル・リグル（同）
シャドウテイカー5　ドッグヘッド（同）
山姫アンチメモニクス（同）
山姫アンチメモニクス2（同）
天空のアルカミレス（同）
天空のアルカミレスII　テスタコーダの鬼（同）
天空のアルカミレスIII　アルカミレスキラー・ガール（同）
天空のアルカミレスIV　カストラの虜囚（同）
天空のアルカミレスV　聖婚の日（同）
モーフィアスの教室（同）
モーフィアスの教室2　楽園の扉（同）
モーフィアスの教室3　パンタソスの刃（同）
モーフィアスの教室4　黄昏の王女（同）
偽りのドラグーン（同）
偽りのドラグーンII（同）
偽りのドラグーンIII（同）
偽りのドラグーンIV（同）
偽りのドラグーンV（同）

メディアワークス文庫

ビブリア古書堂の事件手帖2
～栞子さんと謎めく日常～

三上 延

発行 2011年10月25日 初版発行
2012年2月7日 8版発行

発行者 高野 潔
発行所 株式会社アスキー・メディアワークス
〒102-8584 東京都千代田区富士見1-8-19
電話03-5216-8399（編集）
発売元 株式会社角川グループパブリッシング
〒102-8177 東京都千代田区富士見2-13-3
電話03-3238-8605（営業）
装丁者 渡辺宏一（有限会社ニイナナニイゴオ）
印刷 株式会社暁印刷
製本 株式会社ビルディング・ブックセンター

Printed in Japan
ISBN978-4-04-870824-1 C0193

メディアワークス文庫 http://mwbunko.com/
アスキー・メディアワークス http://asciimw.jp/

本書に対するご意見、ご感想をお寄せください。

あて先

〒102-8584 東京都千代田区富士見1-8-19 株式会社アスキー・メディアワークス
メディアワークス文庫編集部
「三上 延先生」係

メディアワークス文庫

発行●アスキー・メディアワークス　わ-2-1　ISBN978-4-04-870993-4